文载西充

传统文化丛书

苕国印象

主 编 吉怀康 副主编 王晓明

四川文艺出版社

图书在版编目（CIP）数据

文载西充 : 苕国印象 / 吉怀康主编；王晓明副主编. — 成都 : 四川文艺出版社, 2025.1. — ISBN 978-7-5411-7021-8

Ⅰ. I267

中国国家版本馆CIP数据核字第20245XK922号

WENZAI XICHONG : SHAOGUO YINXIANG

文载西充：苕国印象

主编 吉怀康　　副主编 王晓明

出 品 人　冯　静
责任编辑　朱　兰　蔡　曦
封面设计　魏小舸
内文制作　史小燕
责任校对　蓝　海
责任印制　崔　娜

出版发行　四川文艺出版社（成都市锦江区三色路238号）
网　　址　www.scwys.com
电　　话　028-86361802（发行部）　028-86361781（编辑部）

印　　刷　成都东江印务有限公司
成品尺寸　140mm×210mm　　开　本　32开
印　　张　8　　　　　　　　　字　数　160千
版　　次　2025年1月第一版　　印　次　2025年1月第一次印刷
书　　号　ISBN 978-7-5411-7021-8
定　　价　68.00元

文 载 西 充

杨平信题
丁酉秋月

《文载西充》丛书编委会

《茗国印象》引子

吉怀康

蓬首垢面，一群远方的移民
红茗的种子，埋在行囊底层
执着，刚毅
与土著的孑遗
耕种战乱的疮痍
他们冲撞、磨合，终成亲人
茗国的大幕徐徐拉开
有传奇磅礴上演
忠勇，质朴

文化是有春天的

杨泓雨

文化是有春天的。春天往往破壳于寒冷的严冬。

在历史上，地理位置偏僻、县域面积狭小的西充以地瘠民贫闻名遐迩。西充土地硗薄，没有矿产资源，没有河岳舟车之利。其境况确如清光绪年间西充县令高培穀所感叹的那样："嗟夫，民之疾苦，固未有胜于西充者也！"然而在教育上、文化上，西充又绝对称得上响当当、硬邦邦的大县、名县。其声名之远播，同样不亚于"火当衣裳，酸菜红苕半年粮"的穷名声。正是这种恶劣的自然条件，这种艰难的生存环境，培育了西充人穷则思变，敢于与天斗、与地斗的不屈不挠、吃苦耐劳的精神；赋予了西充人淳朴善良、诚信忠厚的古道热肠；养成了西充人尊师重教、勤奋好学、"穷不离书"的自强不息的优良传统。有史为证，西充，虽士多寒俊，但崇尚节义，看重廉隅，代有名流，垂为典范。

仅据现有资料明确记载，自宋元开始，西充即有各地移民陆续迁入，给西充增添了新的文化元素、注入了新的精神养分。外乡人来到西充这块陌生而贫瘠的土地，面临着更多的困难、更多的艰辛，他们必然更加坚韧不拔，也必须守望相助。本土文化与外来文化的相互碰撞、融合，更促进和凸显出西充文化的多姿多彩。西充不仅形成了自己独具特色的方言，而且习俗也大为改观，文化方面的建树更是难以尽述。

文化是有春天的。春天是一场结果，春天更是一次启程。

早在1958年四川省人民政府授予西充"文化县"称号时，这片峥嵘土地即已盛开文化的春天。党的十九大，将文化独立篇章施以重彩浓墨，其导向与布局，其地位与使命，都不言而喻。这必将是文化的又一个春天，花团锦簇，惠顾民生，四季如春的不败的春天！

2017年初，我履新文广局，接收到的第一个令人振奋的文件就是中共中央办公厅、国务院办公厅出台的《关于传承中华优秀传统文化的意见》。欣喜之余，驻足这片激越厚重的土地，深情回望西充文化的本源成色：忠义扛旗，传世发脉；儒学诗书，文脉大道；清慎标高，廉正风骨；宗密悟道，万宗归一；民主之澜，民本昭彰；农耕起势，有机卓立；民间传承，淳朴敦厚；山水天成，钟灵毓秀；充国发源，龙凤呈祥——西充文化卓尔不群的九维坐标，在不同层次，从不同角度拱卫着西充文化这座博大精深的宫殿！

恰逢九月，西充县委第十三届四次全会首次提出"推动文化跨界融合，彰显'充国'文化魅力"。文化是产业的灵魂，是产业勃发的生机所在，在产业迭代的新时代，文化的附着与生成显得尤其难得和必要。于是，我们响亮提出构建"一原点、四高地、一环线"文化产业发展新格局，并依循西充文化资源要素，构想了一系列战术支撑。

这是否可以预见为春风浩荡的青蘋之末呢？让我们拭目以待。习近平总书记指出："中华优秀传统文化已经成为中华民族的基因，植根在中国人内心，潜移默化影响着中国人的思想方式和行为方式。"确实，如果抛弃传统，丢掉根本，没了"根"和"魂"，就等于割断了自己的精神命脉。

于是，我们做出一个决定，摒弃以前各自为政、零敲碎打的做法，在现有零散资料的基础上，对西充传统文化精华来一次深入地挖掘、系统地整理、全面地反映，出一套高质量、高品位的丛书，毕其功于一役。这样既可将其作为干部群众乡土文化的普及读本，又可作为基础的文史资料读物。

幸运的是，这个设想得到西充县委、县政府领导的高度认可和重视，文化界有识之士也为之鼓舞雀跃，在外知名乡友也甚表赞同。

有了想法就上路。我们聘请了六位文化顾问，并慎重聘请西充文化界、教育界吉怀康前辈担当主编。吉老师既有深厚的学养，且通晓西充的历史人文，也有较好的写作功底，相信他能不负众望。

本丛书分为忠义、清慎、耆乡、宗教、教育、诗书、方言、古韵等八部分内容，形成在体量、篇幅上大致相当的八个分册。

生活节奏加快，阅读进入浅而快时代，不宜长篇大论。

丛书文章尽量一人一事，一事一议，探赜索隐，发微阐幽，写深写透。导语点评，一针见血，分析到位，观点鲜明。即便是原有史料，也要有新的视角，新的发现，新的观点，不撷拾故事，不复制旧章。

在史料发掘上，虽有记一方之人事，激千秋之爱憎的寄望，但绝不为了矜其乡里、美其邦族而虚构史实。不搞穿越、戏说，做到无征不信。在史料运用上，一方面做到能够补史之缺，纠史之失，详史之略；一方面大事不虚，小事不拘，源于历史，不囿于历史。在文章风格上，力求故事性、文学性、史学性结合，既典雅高贵，又通俗易懂，能予人以历史沧桑、似走茶马古道的厚重之感。

定位不可谓不高，冀望不可谓不殷，压力也不可谓不重。

让我们共同努力。

值此第一分册《忠义西充》杀青之际，主编索总序于我，职责所在，无可推诿。

是为序。

杨泓雨

2017·11·6

目录
content

胎记花开

苕乡薯韵

一场尘埃里的花事

杨泓雨

一

刚刚闭幕的县委第十三届六次全会决定发展10万亩有机红苕基地，曾经被视为低端产业、落后产能的红苕生产终于迎来了跨越发展的历史机遇。

西充作为"苕国"享誉久远，说明我们有厚实的红苕产业基础，有独特的红苕文化传承。可以说，红苕是最有西充特色的产业，是西充大地上最有生命力的产业。

这是县委县政府推进农业特色发展、永续发展的慎重选择，算是西充农业站上更高起点的一次理性回归，是西充建设"有机农业排头兵"最坚实的产业支撑。

二

在关于红苕的乡愁中，有一个意象挥之不去。"见了他，她变得很低很低，低到尘埃里。但她的心里是喜欢的，从尘埃里开出花来。"这是张爱玲送给胡兰成的照片背面的题词。这是一个奇葩的链接，跨越了物界，串烧了情感，但我认定句中的"她"就是我心中的红苕——因淳朴内秀而低调，谦逊到卑微，直至低到尘埃里；卑微而不自贱，从容向上，积蓄正气，终究开出花来！

　　红苕的境界正应了一句话：大道至简。红苕的简单大气非比寻常：不需施肥，不需用药，不需修剪，不需翻晒，甚至不需除草；一截苕藤扔在土中，只要雨露滋润，便满地翻滚，硕果累累。它不因简单而简陋，反倒众人追捧，奉为珍馐。其食用也是方便至极，或蒸或煮，或晒或烤，清水洗净即可；就连上得厅堂的形式也大不讲究，一个篾编竹篮即可自得风韵。

　　红苕奠定了西充的人文精神。在缺吃少穿的年代，生命力顽强的红苕抗御了深重的自然灾害，用丰厚的产出挽救了多少饥肠辘辘的脆弱生命！进而，又是多少西充儿女依托一碗酸菜红苕，吃苦耐劳埋头读书，用知识改变了家族的命运。以禁受苦寒的生命力立身——以朴实无华的价值观立世——以耐得寂寞的定力立业——以功成绽放的华丽出世：红苕与西充人文何其吻合！

　　　　　　　　　三

　　以文化的附着和生成，引领红苕与时俱进臻成时尚，为西充建设"有机农业公园"锦上添花。

我局招引的舜之本农业公司扎根金山发展红苕，仅仅一年半时间，就实现了千百年来从一年一熟到一年两熟的历史性突破，实现了传统小农家庭种植到对接全国大市场的历史性突破，彰显了崇尚实业的动人情怀和高远境界。

联手企业开展文化及产业研究，算是取长补短，共襄盛举。我们此次苕文化研究初定从基础研究、形态研究、品牌及营销研究、产业发展规划研究等几个方面展开。本书就是成果之一。

苕文化研究本不是高大上的范畴，刚好契合了研究对象的格调而已，但其包含的红苕于西充重大价值的肯定，红苕产业未来发展方向的把握，同时也与西充传统文化、西充人格调品性的研究相契合，所以这种研究还是有开创性的。从这个角度讲，本轮研究也算一场尘埃里的花事吧。

是为序。

2018年秋日

难忘乡愁

红苕的回味

张承源

一

我有一个隐私。

此隐私说来好笑，长期居住在城市里，有时走在大街上，只要闻到烤红苕的香味，就会馋涎欲滴，就会回忆往事，就会思恋故乡……有时就会走到烤红苕的摊前，买上一块香喷喷的烤红苕，蹲在街边慢慢地剥着皮吃起来。那滋味，那回味，久久地萦绕着，缠绕着……

红苕，是四川人的叫法，外省人一般叫红薯、番薯、甘薯。红苕，而今竟成了最生态的绿色食品了！

然而，像我们这样年龄段的人，说起红苕，还真有很多酸甜苦辣的回味啊……

这段时间，我正在编辑我的旧体诗词选集《水井斋诗词》。为什么要编选这本书呢？那是两个月前的国庆节，国家放长假，小车免收高速公路通行费。儿子都三十多岁了，还没回过四川老家，他早就想回老家看看，认祖归宗，给公公婆婆上坟。于是儿子驾车，拉上我和娃他妈，出昆明、经贵阳、经重庆、过南充，朝发夕至，晚上八点半就到了西充县城。次日早晨，我就对二妹和她的女儿说："我想吃红苕稀饭！"过了一阵，一顿家乡的红苕稀饭让我大饱口福，思绪绵绵。

两天后，高中同班同学聚会，我翻出了读中学时的笔记本。

<h2 style="text-align:center">二</h2>

我的笔记本上的第二首诗就是《七绝·挖红苕》。这首诗写于1958年秋天，地点就是我离县城五公里的老家常林乡龙洞沟凉水井。

> 春种秋收勿早迟，工分多挣饱肚皮。
> 一年好景君须记，最是红苕满窖时。

家乡民谚："人哄地皮，地哄肚皮。"肚，此处读平声，音同"都"。西充县又称"苕国"，红苕半年粮。旅外的西充老乡，见面时常感叹道："我们都是吃咪儿红苕长大的。"

我读高中二年级时是1961年，那一年正是三年困难时期最难熬的时节。我于那年12月在凉水井还写有一首五言古风《红苕吟》：

> 家乡龙洞沟，村名凉水井。
> 凉水井有泉，常年井水清。
> 川北小山村，人勤地也灵。
> 半年吃红苕，米少瓜菜顶。
> 星期天回家，帮家挣工分。
> 有人呼我名，原是宋先生。
> 母亲着急问："咋个待先生？"
> 大家吃食堂，家无颗粒粮。
> 报告王队长，红苕挖一筐。
> 一盆蒸红苕，填饱辘辘肠。
> 母亲愧疚说："老师莫见笑。"
> 学生抱歉说："老师请见谅！"
> 老师拍拍肚："红苕真是香！"
> 母亲泪涟涟，儿子泪汪汪。

记住这个日子，在我即将迎来"人生七十古来稀"的2012年10月2日，我又一次回到了思念的故乡。当我又一次看见故乡的时候，世界上所有的地方都不那么令人留恋了；当我又一次吃到家乡的红苕时，世界上所有的美食都不那么让我回味无穷了。

天下美味佳肴，不如故乡红苕。

故乡忆，最忆是红苕。

三

回味红苕，有一个故事回忆起来让人很伤心。

那是读初中三年级的1960年下学期，学校大食堂几乎顿顿是红苕青菜汤。学生食堂的大灶里蒸满了一盆一盆的红苕，每到午饭和晚饭开饭前，由一个班的同学值日当班，从厨房将一盆盆热气腾腾的红苕端着，从食堂爬十多级石阶，摆放到大食堂的几十张饭桌上。食堂的工人师傅两人抬一大木桶牛皮菜汤或青菜汤，十大桶菜汤摆放在食堂的中间。其他各个班在食堂上方的教室前整队集合唱歌。待值日老师一声口哨吹响，各班学生快速冲向食堂，走到各自的饭桌前，端着碗，排着队，到大木桶前舀一碗菜汤。八人围成一桌，由轮流担任的桌长将一盆蒸熟压扁的红苕分给每人两三个。就这样，红苕伴着菜汤，几口下肚，仍是吃不饱，肚子咕咕叫。

有一天，轮到我班值日端红苕。我班有一位姓赵的同学，在端红苕从厨房到食堂的中途，将一盆红苕藏在石阶旁的一间屋子里，被一位工友师傅发现了，总务处要求我班开批判会。那天晚自习开始，班主任走进教室，在黑板上用粉笔写了一行大字："赵某为什么偷红苕？"批判会最初几分钟，全班鸦雀无声。后来班主任"启发"了几句，有两三位同学作了批判发言。我作为班长，言不由衷地敷衍了几句。我说："赵某为什么偷红苕？因为太饿了！但是，太饿了，也不能损人利己呀。"赵某原来学习成绩就好，尤其数理化成绩在班上位列前几名。这件事后，他更加发愤读书，后来考上了成都的一所大学。"文化大革命"初期，有一次几位老乡在川大旁边的望江楼公园聚会，我还开玩笑对他说："赵某为什么考上大学？因为他发愤图强！为什么发愤图强？因为他挨过批判！为什么挨过批判？因为他偷了一盆红苕！为什么偷红苕？因为那个时候太饿了！"引得老乡学友们一片笑声。

四

1985年11月，我应邀参加四川大学八十周年庆典。校庆结束后，我回到老家西充，住在西充税务局成润弟家。翌日早晨起床后，弟问我想吃什么，我说想吃红苕稀饭。过了一会儿，一大碗红苕稀饭端上桌，我美美地饱餐了一顿。第二天早晨，弟又问我还想吃什么。我问："有没有卖红苕凉粉的？"弟说有。于是他领我到一个农贸市场入口处，有两三家卖豌豆凉粉的，其中一家还卖有红苕凉粉。于是，我又饱饱地吃了一碗红苕凉粉。那一碗红油油、香喷喷的红苕凉粉，时至今日，仍回味无穷……

过了两天，高中同班同学八人加原班主任宋老师一起，在西充饭店为我接风洗尘。那一顿饭菜算是高水平吧！但遗憾的是没有一道红苕做的菜。从小学到初中、高中都同班的胡怀生问我感觉怎么样，我实话实说："可惜没有一道红苕做的菜。"他听后大笑，还吟了一首诗赠予我。我也吟了一首《故乡行并赠乡学友怀生》以答：

> 少小离家老大回，天下游子梦思归。
> 临行揣把家乡土，苕国边疆比翼飞。

故乡忆，最忆是红苕。红苕，是长长的苕藤下的根。绿色的苕叶，绿色的苕藤，牵连地下的根，成为远方游子对故乡永远不能释怀的一个结，成为远方游子对故乡永远思念的寄托。

2003年3月，退休一个月后，我又一次回到故乡。某日，得诗一首《游子返乡》：

> 游子返乡泪湿襟，酸菜萝卜特提神。
> 红苕稀饭山珍美，此物当今最养人！

故乡啊故乡，回不去的是故乡！那里有我最熟悉的父老乡亲，有我最熟悉的童谣和儿歌，有我最熟悉的笑声和土语，有我最熟悉的食物和味道，有我最熟悉的山水和小路，有我最熟悉的穿开裆裤的儿时伙伴……回不去的是故乡啊，我日思夜梦的地方！

五

待我的旧体诗词集编好后，打算取名为《水井斋诗词》。这些旧体诗词虽说是"个人心灵史"，但是，也可算时代风雨的点滴记录，或许可以引起同一时代人的某些共鸣吧。其中许多诗词凝聚了我对遥远故乡的思恋，就是游子的乡愁，就是回不去的故园的绵绵思念啊！红苕的回忆是永恒的回忆。

2012年12月于昆明水井斋

（编者根据需要，对原文做了较大改动。）

张承源：西充人，国家一级作家，中国作家协会会员。曾任云南省德宏州文联专职副主席、作家协会主席、《孔雀》主编、昆明文学院院长、《春城诗词》主编等职。

红苕,西充人的宝贝疙瘩

王晓明

奶奶的情结

奶奶今年已是百岁老人了,仍然没有忘却自己的偏爱,对红苕情有独钟,特别喜欢吃红苕稀饭。在我记忆里,奶奶每次回娘家,总会叫爷爷背一背篼红苕给远在遂宁的老爹老妈送去。那时候,交通极不便利,照爷爷的话说:"每次都背惨了,累安逸了。"在那些年月,西充一穷二白的,除了红苕还是红苕,西充人走亲访友,大多数时候就只有把红苕当礼物送了。爷爷虽然每次抱怨,但每次都不推辞,而略带欢喜,乐意背红苕送。每次去后,老丈人都要夸奖他一番,少则留客两三天,多则要上五六天,在那儿他可以偷得几日清闲喝酒解馋,偶尔还会捎带着两三瓶高粱酒回家。这样的美事,他怎么可能拒绝呢?

送红苕,是奶奶那代人的一种习惯,更是一种情结。

集体生产队那些年,有一件事,奶奶至今还津津乐道，每每提及都会情绪波动，像大坝泄洪一样，一个人绘声绘色地讲个不停。关于一围腰红苕救活了一家人的故事，我都不知道听了多少遍了，可以说耳朵都听出老茧了。当年奶奶为集体生产队煮饭期间，有一天，邻居彭老太婆来看她们煮饭，站在门外向里看了很久，一言不发，由于家庭成分高，彭老太婆根本不敢入内。奶奶一直很同情那家人，四个儿子一个女，大的三十来岁，小的十来岁，生活很困难。奶奶悄悄出去，把彭老太婆叫在一边，问她嘟个的。彭老太婆泪眼婆娑："没吃的了，要饿死人，不晓得嘟个办。"奶奶沉默良久，给她使了个眼色，叫她回去。后来，奶奶乘人不备，提心吊胆"偷"了一围腰红苕，抄后门送到她家。听老一辈人讲，奶奶说的故事是千真万确的，没带一点水分，那一围腰红苕确实救活了彭老太婆一家人。当时对方家里已经断粮了，大儿子饿了两天差点吊不上气，离集体分粮还要等三四天，红苕加青菜让一家人足足支撑了三天。为此，彭老太婆无数次年复年当着奶奶念叨："您是大好人呐！"还偷偷叫大儿子范梦中认奶奶作干妈。拨乱反正后，奶奶才公开认了这个干儿子。

奶奶给我们煮饭的时候，总会在灶里面给我们烤几块红苕，尽管有时烤得又糊又焦，吃得我们满脸满嘴满鼻满手黑乎乎的，我们那种乐啊，我想今生今世估计再也找不到了。

父亲的馈赠

我的父亲是远近出了名的种地好手，一直把红苕看作宝贝疙瘩。包产到户后，父亲总是把责任地预留了一大片来栽培红苕，把家里的苕窖修得巴巴适适红苕窖得新新鲜鲜的。每到秧红苕的时节，总有些乡亲来我家要苕种，父亲总是乐意提供，分文不取。

小时候，我们几姊妹便从父亲那里学会了栽培红苕的"手艺"。栽红苕苗子的时候，开始时一般是母亲负责剪苕藤，父亲负责刨苕地和栽苕苗，我们几个小家伙负责将苕苗均匀地撒在苕轮子上就算完事。慢慢地，我们就什么都干了，父母亲对我们的表现非常满意，说我们将来一定能文能武。红苕生长期间，我们还学会了如何翻地、提藤、割苕藤喂猪等技术。到了挖红苕的时节，我们一家老小，耕的耕、挖的挖、抹泥的抹泥、提的提、背的背，那种劳动的场景，那种丰收的感觉，至今三十余年了，仍然历历在目，追忆犹新，成为我生命中对老家最珍贵的记忆。

那个年代的生活确实是很艰苦的，为了解决吃饭问题，每个村庄都会种上很多红苕。我上中学时，条件稍微好了一些，但红苕仍然和米面一起作为主粮，父亲每个月都要给我送来一大袋。那时节，我长期食宿在校园内的姑姑家里，父亲送来的东西，自然会成为我和姑姑一家人分享的食物，每次姑父吃完红苕都会夸赞说："你家的红苕特好吃。"我也常常把父亲送来的红苕当作礼物，馈赠同学，现在想来，依旧美滋滋的。

休闲的美食

当下，种红苕的人虽然不是很多了，但在西充县城的街头巷尾，一年四季依然可以听到红苕的叫卖声："红苕，红苕，烤红苕！红苕，红苕，烤红苕！"往往听到叫卖声，我就会情不自禁地流口水，一定前去买上一个，有时也会多买几个带回去与家人分享。记得有一天下班回去的路上，听到烤红苕的叫卖声，我忍不住驻足停留，那色香味简直诱人极了，我当下买了四五个，直奔家里。在小区门口，恰逢老婆从外返回，没有想到的是她的袋里也装了几个烤红苕，我们相视一笑，当天晚餐一家人就吃烤红苕，喝菜汤，其乐融融，舒服极了！

我真切的感受到，红苕并没有真正退出我们的视野，而是以另一种身份继续鲜活在我们的生活当中，显得弥足珍贵。如果你到了西充却没吃过西充的红苕，真不算到过西充。漫步在西充的街头，你总会碰见卖红苕的小贩和烤红苕的老人，我坚信，你挡不住她们和它的诱惑。还有那美味的稀凉粉、酸辣粉也是用红苕粉做的，地地道道，不吃上一碗那才怪哩！

珍贵的礼物

红苕往往勾起西充人最温暖的记忆，也自然成为西充人最看重的物产。近年来，红苕已经华丽转身登上大雅之堂成为餐桌佳肴，苕国从"戏称"变成了"尊称"。送礼就送红苕，成为西充人的共识。特别是有机西充的崛起，全县规模建成有机红苕基地近5万亩，"有机红苕"成为声名远扬的一个美丽品牌和文化符号。我们把红苕精心筛选、包装，作为珍贵的礼物送给亲戚朋友，提供给生活在大都市的人们。越来越多的朋友慕名来西充参观红苕基地、学习红苕栽培技术。

红苕，看似普通的农产品，其实相当珍贵。2008年以来，我因为工作原因曾多次到华润万家、伊藤洋华堂等超市参观、推销西充的农产品，几块小小的红苕居然每斤卖到了五六十元。我还多次带着西充红苕，参加国际、国内的有机食品展和农产品展，应当说，通过西充人不断地努力，红苕已成为西充一宝，因品质优良而誉满川内外，它并没有因为时间的推延而改变它在西充人生活中的地位，它永远都是西充人心中的宝贝疙瘩。

秋天，是西充人收获红苕的季节。一根根红苕藤下面一个个红苕依偎在一起，埋藏在地下，就像一群可爱的小娃娃熟睡在妈妈的怀抱中。当我们把它们挖出来时，上面有很多泥土，沉甸甸的……

我的忠义之乡

李一清

　　西充之小，在中国地图上，不过豆粒大个点。出了四川，知道西充这个地名的人，大约不会有很多了。

　　然而，西充在四川却颇有名气，尤其是在广袤的川北，有一种说法流布甚广："最苦寒，西、南、盐。"谓西充、南部、盐亭皆苦寒之地，西充居三县之首。名在苦寒，不甚光荣。但另有光荣，也是源自一种广为流传的说法："西充的房子，射洪的田。"意即射洪的田好，西充的房子好，都甚有名气。田好，拜造物所赐；房好，仗人力所为。

　　这似乎就形成了一个悖论，西充既特别苦寒，何以会有那么多的人家，造出了在外地人看来那么多好的房屋？他们的财力物力从哪里来？这其实并不矛盾，苦寒指的是生存环境，并不代表身处苦寒之地的人，幸福指数就一定不高。再说了，环境是可以因人而改变的，西充就正因了西充人，至少在人居环境上，给人呈现的要优于许多地方了。这正如一个人，虽然居住的条件差，家境也不富裕，穿戴却尽可能力求整洁，不肯在人前输了脸面。

原来西充多旱地，地又多为红沙土，最适宜红苕栽种，在四川素有"苕国"之称。西充环境苦寒，究其根由在西充处涪江、嘉陵江中间地带，地势隆凸，浩荡两江，擦边而走。境内汊渠，多河枯溪瘦，遇旬月无雨，则天地旱，民不堪其苦。

受环境所迫，西充人特别能吃苦，勤于稼穑，饲养牲畜，栽种桑麻，或与人佣工，未尝有稍许懈怠。常见有人家"起五更睡半夜""晴天一身汗，雨天一身泥"，滚打摸爬，至为常态，非如此无以全生计，非如此无以适温饱，更遑论谋兴旺、图发达了。凡汉语中与"吃苦"有关的词汇，用在西充人身上均不为过。西充人生活得有些悲壮，然则绝无怨尤，从来自甘忍受，苦斗逆境，在逆境中奋发。

西充人特别节俭。昔时物资不丰，即使富贵人家，衣，也鲜着绸缎，多为粗布。民间更恪守"新三年，旧三年，缝缝补补又三年"的古训，常见有人过新年，将旧蓝布衫染成青色，混作新衣，谓之"青出于蓝"。

论及饮食，红苕与酸菜稀饭，差不多要算是西充人的招牌食品。至于青黄不接时，多有人家用苕干、苕渣面甚而干苕叶充饥，人虽面带菜色，然精神不减。

西充人最崇尚读书。外地人谈到西充，很少有人不赞叹西充文脉深厚，原因在西充父老督促子弟读书，较他地尤严。读书意识之强烈，由来深入骨髓。西充人无论贫穷富有、贵贱尊卑，皆视送子女读书为第一要义；重读书，胜于稼穑。他乡有言："富不离书，穷不离猪。"在西充，竟"穷也不离书"。西充人最发狠的一条信念，莫过于"哪怕穷到上房揭瓦卖，也要送娃儿把书读出来"！意指书要读到一定的成色，最好能实现家长心中既定的目标。子女把书读出来了，改变的不仅是子女们个人的命运，甚而一家、一族人的命运也因之而改变了。

西充人最讲忠义，史称"忠义之邦"。西充人从小就受到父辈们有关"忠""义"的教育，长大成人，或居庙堂之高，或伏身草莽，莫不精忠诚义，慈仁守信，大都能达到某种精神指向上的高度。西充的忠义文化，凝聚了西充人的精神气脉，塑造了西充人坚毅执着、宁折不弯，宁可他人负我，我不负人的高贵品质。

西充不愧为一方厚重的土地。

西充人不愧为值得敬重的人。

李一清：西充人，著名作家，曾任四川省作家协会副主席、南充市作家协会主席。

西充红苕的前世今生

付杰修

西充被称为苕国，这个"苕"就是红苕。南方人称之为甘薯，北方人称之为地瓜，西南地区就称之为红苕。

红苕不是中国传统农作物。原产于美洲中部墨西哥、哥伦比亚一带，由西班牙人携至菲律宾等国栽种。明朝，在菲律宾做生意的福建长乐人陈振龙将薯藤绞入汲水绳，带回福建厦门。红苕传入中国后，即显示出适应力强、产量高的特性，很快在全国传播。

西充何时开始种植红苕难以考证。全国各地几乎都种红苕，而被响当当地称之"苕国"的就只有西充。用一种农作物、工业品、矿产品代称一个地方的不少，且多为雅称，有褒奖、自豪、炫耀之意。西充被称为苕国，意味就复杂了。

《西充县志》记载清同治年间，西充训导刘鸿典作有《竹枝词》云："喜逢嘉客火锅烧，也识鸡豚味最饶。借问平日糊口计，可怜顿顿是红苕。"民间有"红苕酸菜半年粮"之说。红苕至少在那时就是西充主要的农作物。可见，西充称苕国不仅是因为种植时间长、数量多，更主要的是与"穷"有直接关系。

"苕"在四川方言中有土、傻冒、不合时宜等意思。形容一个人穿着、打扮不时髦，常说"这人好苕哟"；西充人多忠厚质朴，率性耿直，方言中保留较多入声，独立成调，也被调侃为"苕"。这应该是西充被称为苕国的又一重要因素。

不管外地人瞧不瞧得起红苕，西充人对红苕有着特殊的情感，在食不果腹的困难时期视红苕为宝贝疙瘩。

红苕的种植从育苕苗开始。要选土层厚实、土质松细的地块作为苕母地。头年的冬腊月，就要开始翻挖苕母地，要反复翻挖两三次，深挖细耘，总担心有哪一块土大了一丁点，会阻碍红苕发出嫩芽。

西充人把育苕苗叫作秧红苕，这是开春一大农事。惊蛰后，在晴好的日子里，男女老少都上阵，高高兴兴播种一年的希望。秧红苕的苕窝要挖深，放上干肥打底，用大粪把苕窝浸饱，种苕顺芽口安放到苕窝里，再轻轻用细土盖上。

小麦、豌豆收割后，就要刨苕地了。刨苕地实质上是起垄。红苕是块茎作物，喜光照怕水淹，土地要垄成一沟一沟的，才利于红苕生长。

红苕的种植是雨天扦插苕藤，西充人称为栽红苕。天变了，要下雨了。耕牛不再分担其他任务，集中耕苕地，所有劳动力都来刨苕地。集体生产时期，人们刨苕地说说笑笑、你追我赶，谁慢了就会被后面追上来的人铲你脚后跟，这场景令人好生羡慕。这个季节很热，时兴天蒙蒙亮就耕苕地，天黑了还在刨苕地。

初夏的雨比较稀少，一般十多二十天才有一场透地雨，雨后很快就会晴起来，苕地大多是沙土，太阳一照马上翻白，就没法栽红苕了。

雨还没有停下来，老农就披蓑衣、戴斗笠去苕母地割苕藤。老人们坐在屋檐下剪苕藤。小孩不上学，负责背苕藤，把老人们剪成一节一节的苕苗背到地里供大人栽。下雨栽红苕天经地义，其他的事都不用做。当时有个笑话，头天晚上公社书记在广播上发通知，明天召开公社、大队、生产队三级扩干大会。晚上下雨了，天没亮，书记又讲广播，经公社革委会研究决定今天下雨，栽红苕……后来我才知道，这是当时大家一种心照不宣的默契。

栽在地里的红苕什么时候才成熟？当时人们常说，八月十五即中秋节是红苕的生，这个时候红苕才上味儿，可以正式吃新红苕。这时候，许多人家会用新米新红苕炆一顿红苕干饭。饭好了，任何人都不能吃，长辈会盛上冒尖尖一大碗饭，恭恭敬敬地摆在院子里的四方桌上，沿桌子东南西北四方分别虔诚叩拜三下，这叫作敬天，感谢上苍的赐予。前些年，国家设立农民丰收节的时候，总让人想起当年的情景。

人们把红苕成熟收红苕，叫作挖红苕。正式挖红苕在寒露前后，挖了红苕种下一季的油菜、小麦、豌豆等小春作物。挖种红苕要立冬以后，这时红苕才长老了。集体生产时期，往往白天挖红苕，晚上分红苕，山路上、田埂边星星点点的火光是人们打着火把在背红苕回家。

那时红苕产量不高，品种单一，可要分类计划着吃。好红苕窖起来可以吃到第二年五六月份；小红苕蒸起吃；挖烂了的红苕选出来打苕粉，晒苕干片；就连削下来的苕皮都不能浪费，可以煮熟了喂猪，还可以晒干了卖去烤酒。红苕皮子烤酒味道柔和，比勾兑酒好喝多了，就是难免有些苦涩，仍不失当年的美味。苕粉过滤后的苕渣，也要晒干准备旧历二三月过荒吃。那时有太阳的冬天，家家户户晒苕干、晒苕粉、晒苕渣，村前村后，白生生一片一片的，像白云散落在村庄，至今仍是游子们记忆深处故乡的影像。

在饥饿年代，红苕帮人们填饱肚子，有救命之恩，情感上对红苕的爱自不待言。但一天三顿红苕当家，吃多了烧心反酸水，很难受，生活中人们又恨红苕，称之为"红苕坨子"，鄙夷之情可想而知。

包产到户后，随着水稻、小麦、玉米良种的推广，化肥的大量使用，升钟水利工程一定程度抗御了干旱，缺吃成为历史，红苕受到冷落，退下餐桌，沦为猪饲料。

近年人们生活富裕了，时尚养生，红苕又风光起来。现代科学研究表明，红苕是一种营养齐全而丰富的天然滋补食品、长寿食品，含有蛋白质、脂肪，且富含多糖、磷、钙、钾、胡萝卜素，多种维生素和氨基酸。这些物质，对促进人的脑细胞和分泌激素的活性，增强人体抗病能力，提高免疫功能，延缓智力衰退和机体衰老起着重要作用。特别是红苕能有效地防止心血管壁上脂肪的沉积，维持和增加动脉血管壁的弹性，减少皮下脂肪的堆积，防止肝和肾中结蒂组织的萎缩。红苕全身都是宝，就连过去的猪草——苕叶也被公认是抗癌食品，被誉为"蔬菜皇后"。西充能评为"中国长寿之乡"，肯定离不开红苕的功劳。

西充发展有机农业声名鹊起，红苕成为有机农业的拳头产品。红苕的种植今非昔比，由过去的一年一季变成两季。培育的西充黄心苕，软、糯、沙、甜、香，成为国家地理保护产品，还引进了紫薯、香薯、"西瓜红"等品种。耕苕地、刨苕地、挖红苕都有了专门机械。喷灌、施肥一体化技术的运用，栽红苕也不一定等天下雨了。一批专业合作社集中流转土地种植红苕，效益比较可观。

过去西充人对苕国的称呼多少有些避讳，现在则充满自豪感。自我幽默起来，称自己"土红苕"，称有一点资历的乡人"苕母子"，年轻人谦称"咪咪儿红苕"，称年轻女性"苕花"，调侃不争气不听话的子弟"断红苕"，戏称家乡"苕叶子联邦共和国"。

西充被称为苕国不是浪得虚名。西充属浅丘陵地貌，土壤多为紫色土，土层疏松，有机质含量高，富含钾、钙、镁等微量物质，属亚热带湿润季风气候，七干八淋，特别适合红苕生长，是当之无愧的红苕家园。

有人建议在西充建立中国红苕博览馆，研究红苕文化。这不无道理，红苕的特质与西充人的性格相吻合。红苕种得漫山遍野，坡坡坎坎都栽红苕，反映了西充人勤扒苦做的习性。红苕一身都是宝，却不择环境随遇而生，深藏在泥土里不事张扬，正是西充人质朴厚道本性的写照。红苕吃法众多，仅稀饭就有红苕稀饭、苕叶稀饭、苕干稀饭、苕面汤圆儿稀饭等，精细一些的吃法有红苕凉粉、泥拨弄、苕粉子滑肉、红苕鲊肉、红苕面皮回锅肉、酸辣红苕粉丝、红苕醪糟……展示了西充人心灵手巧、勤俭持家、热情好客的个性。

电视剧《壮士出川》有一部分素材来源于西充八百勇士抗日仅一人生还的史实。热播后，锤子兵的"苕腔苕调"生动再现了西充人的忠义诚勇特性。尤其是红苕由"宝贝疙瘩"到"失宠"再到受"追捧"的爱恨情仇过程，正反映了这几十年来人们生活从"温饱"到"小康"再到"富裕"的发展历程。这些既可以展示西充人的性格特点和西充的发展史，又何尝不是中华民族精神的折射和中国改革开放历史的缩影。红苕由国外引进的中国化种植过程，反映了先民开明开放的胸襟，种植技术及工具的进步，反映了生产力的发展，这些同样值得回味和再现。

我曾到过临近的安岳县学习打造红苕小镇，也有过到重庆市彭水县学习建设中华薯业强县的成功探索，还有过到福建省连城县学习发展大红苕产业的先进经验，深切感到西充红苕前景壮阔，风光无限——未来的西充一定是：生态田园、有机西充、红苕之国。

西充红苕味悠长

萧红涛

　　起起伏伏的丘陵，紫紫褐褐的土壤，这样的地理地貌和这般的田土质地，正适合旱粮红苕的生长和出产。

　　西充境内，大多是这样的丘陵地带，也大多是那种紫壤红土。这种地带，这种土壤，所栽种出的红苕，无论是用来蒸煮，还是用来烧烤，其味道都是特别地香甜。红苕质地细软，口感软糯，入嘴化渣，滋味绕舌，令人回味。

　　这里是川北的良田美土，这里是盛产红苕的地方，故而，这里有"苕国"之称。称其为"苕国"，原因有二：一是说的西充乡乡镇镇、村村社社种的都是味道上佳的红苕，且年年丰收，可谓无土不苕，无田不苕。红苕成了这里的主要粮食作物之一。二是说的西充有个"方言岛"，这里的老百姓方言味很浓。有的字词音，通过当地人说出，其读音听来有异。故此，又被人们叫作"苕腔"。有了这两种说法，自然人们便把"苕国"之名传扬开去。也因为此，只要人们一提到"苕国"二字，也就联想到了西充。这只有亲切性和人情味，别无褒贬之意。

西充的红苕，有红皮黄心苕，有黄皮红心苕。这两种或红皮或黄皮，或黄心或红心之苕，也就是西充县的土产和特产。用这种红苕做菜，或蒸或煮或烤，都是如今宴席和餐桌上的抢手食物和人们的最爱。还有用这种红苕磨出的淀粉，所搅出的苕凉粉，或用青椒末来拌，或浇上红亮亮的辣椒油，吃起来也是滋味悠长，令人咂舌难忘。

萧红涛：散文家，曾任南充市作家协会副主席。

守苕种

何建斌

拙作《酸菜面》见报后，编辑老师"得寸进尺"说："在上个世纪70年代，你家还能吃上酸菜面，算得上'贵族'，不具有普遍性。你是'苕国'（西充）人，应该写点'红苕'之类的东西。"

确实，红苕是"苕国"的"国粹"，是"苕国"人民的命根子，"红苕半年粮"就是最明显的诠释。

红苕金贵，红苕种更金贵。红苕种一般是每年的3月6日左右即二十四节气中的"惊蛰"种下地，农事说"惊蛰秧苕"就是这个意思。春种、夏管、秋收、冬藏，是农民一年中的基本行为。可在20世纪70年代，有"春种、夏管、秋收"，却寡有"冬藏"。尤其是在春节后的旧历二月，家里没有余粮，地里没有出产，揭不开锅的家庭比比皆是。即使是偷也没有什么可偷的，于是，饥饿的农民无奈地把眼睛盯向了生产队的红苕种。

越冬红苕种窖于苕洞。我所在的生产队的红苕种窖在远离人户的一片坟地下的岩洞里。岩洞底面有50多平方米，高约4米，像一间房屋，可以窖三四千公斤红苕种。洞口有一扇门，高1.5米、宽1米，人进出弓着腰。为方便红苕种透气，门用七八根木棒制作，每根木棒间隔约6厘米的缝隙。门上两把锁，生产队长、保管员各一把。

一天，生产队长和保管员检查苕种是否霉烂，发现靠近洞口的苕种明显减少。——"有人偷苕种"。偷苕种的人是个"炮毛儿"（指说话随便、不考虑后果的人），他在与别人的摆谈中泄露了偷苕种的秘密：晚上，夜深人静时，在长竹竿上绑上铁钉，从门缝间隙伸进去，铁钉戳在红苕上，一个一个地偷出来。

门锁锁得住君子，却锁不住小人。生产队长召开队委会研究决定，为防止苕种被偷，在苕洞内安置一张简易床，两家为一组组成守护苕种小组，晚上轮流到苕洞里睡觉。

苕洞紧挨一片坟地，很让人害怕，女人不敢去，每家每户守苕种都是各出一个男人。我父亲在外公干，我是家里长子，虽然才八九岁，但守苕种的重任依然落在了我的肩上。

与我家一组守苕种的，是一个高辈，50多岁，我要称之为"祖祖"。我家距离苕洞约800米，我不敢一个人到苕洞，母亲送我到苕洞她又不敢一个人回家。于是，每次轮到我守苕种，都是祖祖先到我家来与我同路。

可以说，每次守苕种都是对我的折磨。

　　来到苕洞，根本睡不着觉，也根本不敢睡觉。洞内，洞顶的水蒸气不时掉下一滴，发出"嘚"的一声。洞外，上面是坟地，大人们讲的"红花女""吊颈鬼"等鬼怪故事在脑子里回想。寒风吹过，洞口掉下的泥土发出"沙沙"的响声，以为鬼怪就在洞口，马上就要进来。再加之，祖祖长年抽叶子烟，浓浓的烟味呛得我出气容易，吸气困难。以致今日，别人抽烟的烟味常让我难受。尽管轮流守苕种，但苕种仍有被偷的情况。经生产队长检查验收，只有我这一组守苕种没有发现苕种被偷。这也许与我守苕种根本没有睡觉有关。晚上睡不好觉，白天读书打瞌睡，免不了挨老师的戒尺。

　　我到县城读初中后，守苕种的折磨才宣告结束。

我的红苕情结

吉怀康

我与红苕的缘分，真可谓是"剪不断，理还乱，是恩怨"。

我出生在阴历九月，那正是挖红苕、点粮食两头忙的日子。家里人辛辛苦苦，一身泥土，弓腰趴背，背着红苕，步履艰难地一步步挨回家中。一个个累得皮耷嘴歪，哪来得及休息，又拖着疲惫的身子，忙着挑水、淘苕、抱柴、切菜，烧火煮饭。刚几口稀不吮咚的"熬红苕"下肚，有了一些活气，母亲准备放缓节奏，趁机拉拉家常，谈谈生产上的安排时，我却哇啦哇啦、跌跌撞撞挣扎着硬要闯入这个并不欢迎我的尘世。

婆婆推开土巴碗，云淡风轻，气定神闲地说："柜里还有半把面，够吃一场的了！"旧时做挂面，都是用那些废报纸、废本子、黄草纸包裹着，一斤拦腰包扎在一起，叫作"一把"。"半把"者，也就是估计半斤面左右的样子也。

"诶，龚女子有福气哦，我们那阵——"婆婆叹息着，又捞起了黑不溜秋、长短不齐的筷子，继续咕噜咕噜喝碗里余下的苕汤。"龚女子"是我婆对我妈的昵称。

那年头，饭菜都是跟着季节走，出什么吃什么。乡谚曰："不怕红苕嫩，八月初一尝一顿。"早已盼着红苕下锅的乡民，有东西塞满肚皮，确也是天大的幸事，哪里还敢奢望山珍海味、鸡鸭鱼肉的饕餮大餐，那是梦幻世界！

我家所在的院落叫"大院子"，它不仅是生产队各种会议、活动的举办地，也是男人们吃午饭集中的地方，是乡里各种消息、流言、八卦的集散地。自然，家家户户不分上顿下顿，今天明天，无非都是蒸红苕、熬红苕、红苕酸菜稀饭，颠来倒去地吃。最糟糕的是熬红苕煮红苕叶，汤黑乎乎的，像墨绿色的污水；锅里碗里灶房里全充斥着猪食的气味，闻着就想发呕。这种吃法，原本就是连着为猪考虑的，吃剩下的就拿了去喂猪。不过穷人也会想穷法子，给这穷日子着点色，添些花，抹上一丝光亮，不然就太过沉闷，让人喘不过气来了。比如说吧，午饭剩下的蒸红苕，煎个腊油渣，将红苕捣蓉，用蒜苗来炒，别说那个香，真能绕鼻三日呢！

"噫，狗娃子家这酱还做得不错哟，红红的！蘸红、白萝卜片片下蒸红苕，好吃哟！"

"蒸红苕的时候蒸牛耳菜蘸酱吃，也还舒服！"有人补充说。

"喔哟，啧啧！胖娃屋头莫不是漏划地主哇？！还有糯米煮红苕醪糟！"大家赶忙往胖娃碗里望去，丝丝地嗅着鼻子。其实，胖娃碗里也同样是熬红苕，只不过红苕切得小块一些，汤里漂浮着几颗米粒，气味酸甜酸甜的，还略带一丝酒味。原来胖娃家兄弟媳妇坐月子，家里煮了一坛混合着少量糯米的红苕醪糟，在熬红苕的时候舀了那么一小勺，这就引得大家想入非非，赞叹不已，"别是一番滋味在心头"了。

靠红苕养活的我总是瘦骨伶仃如枯瘦的麻绳。一直到十多岁的少年郎了，我都对八月十五"叉糍粑"时的苕锅巴有着一份浓浓的期盼、留恋。那年头，一般人家都很少有能力叉纯糯米的糍粑，大都要用红苕垫底，并拌上籼米。这种混合着红苕、糯米、籼米的锅巴，黄灿灿的，成片成团，又香又脆又软又甜，真是皇宫中、仙窟里的美味佳肴！

大约我无师自通，很小就知道了红苕的宝贵。所以，到了栽苕的季节，我就屁颠屁颠地跟在大人后面，想亲自去参加这一场伟大的盛事——向上苍祈祷丰收，向大地索取粮食，向生命争夺苟延残喘。大人自然是不肯，骂我正忙着呢，别来添乱了。那好吧，等到大人们都下地了，我就带着堂弟，用粪撮装上阶阳上背篼里已经剪好，等着下一转背上山的苕藤，踩着烂泥，奔向我们家的自留地，自己抢着栽红苕去了。待么妈回来背苕藤，发现大背篼里的苕藤被动过了，地上到处散落的都是，就气急败坏地呼喊我们。我们高兴地应着，心想，么妈看到我们这么能干，这么懂事，已经能够帮着大人干活了，一定会夸奖我们一番。

"喔哟，谁喊你们来的？这要得啥？！"幺妈毫不留情地毁了我们的劳动成果，马着脸训斥道，"全栽倒了！别把苕藤糟蹋了！滚！快点跟我回去！"那一年，我刚六岁，堂弟还不满五岁。至于我们一身的泥污，幺妈早已见惯不惊了。但不管怎么说，这毕竟是我农业生产的第一课，令我终生难忘。

老学街文庙的正门前有座黉宫桥，是清代西充进士李庄为复兴儒学而筹资兴建的。然而在那些困难的年月里，这座名桥竟变成了"好吃桥"！桥上总是人来人往，如过江之鲫，人气甚旺。李老前辈想得天花乱坠的乌托邦是"登斯桥者上观星斗连辉，下瞰荇藻交洁，涤胸次，宽眼界"。而眼前的现实却是，摆"好吃摊"的人靠着两边的石栏杆，在巨大的桥石板上摊放着各式各样、奇奇怪怪可以填充肚皮的食物，止痛救命的中草药之类的东西。人们常说：穷则思变。"思变"的结果是一个天才的发明，那就是苕渣、苕皮的最先进、最科学的食用方法！将苕渣接成坨，放在通风透气的阴凉处，让它长毛变质，再用铁锤敲碎，磨成粉，就成了可以加工成其他多种食物的"苕渣面"了。在苕渣面里拌上一点灰面，可以拿来炕面瘩儿、刮面疙瘩、擀苕渣面。烂苕皮晒干后，也可磨成粉，用来搓"苕面汤圆"，蒸"苕面馍馍"，虽然面相难看，黑黢黢的，又苦又涩，但也只有"远乡场"的人才有这些奇货可居。县城附近的人家，因人多地少，连苕皮也没有剩下的。大小坚硬如铅球的原始苕渣疙瘩，还带着白的甚而黑的菌丝的痕迹，苕颗颗、苕干片片、少得可怜的用碗钵盛着的胡麦豌豆、脏兮兮的口袋装着的苕粉子等等，都是一方急需钱，一方急着保命的交换物。鸠形菜色，渴望来这里一饱口福或者眼福的人们，低着头，袖着手，滴着清涕，从桥这边游走到桥那边，又从桥那边一个一个地摊看过来。眼睛盯着那些白垮垮的苕渣面、苕颗颗，黑里透绿的苕面馍馍、苕面馒头、苕面包子，清口水直淌，只是多数人都无力问津。网球大一个包着盐菜的苕面包子可是要卖八分到一角钱的呢！就这样，黉宫桥还是无可挽回地被老百姓讥讽为"好吃桥"，完全地被污名化了。

这是我记忆的悲哀，永远有着苕面馍馍的黑和苦涩。

时代变了，曾经"臭名昭著"的红苕早已咸鱼翻身，名声大噪。前些日子，一听说西充要大力发展红苕产业，我便有一种莫名的兴奋，不止为我，更为千千万万的父老乡亲。因为在我们这辈人的骨子里，始终有一个农民情结。西充是传统的农业大县，土壤、气候、水分等条件都确实适宜于红苕的生长。我衷心祝愿家乡在发展红苕产业、富民兴县的征途中能闯出一条崭新的康庄大道，彻底洗刷掉"苕国"曾经负载的屈辱和苦难，使之成为一块含金量高，名扬四海，享誉八方的金字招牌！

我识红苕味最饶

杜怡臻

西充，俗称"苕国"，而红苕，是养育我们的主粮之一。

一入冬，放学后，我就上山挖红苕。这是个辛苦活，我得先扯苕藤。红苕藤断裂后，会喷涌出几滴乳白色的汁水，粘在手上就变成难以清洗的青色。这还不算什么，我最恐惧的是无意间碰上苕叶背后那肥腻圆滚的"猪儿虫"。它肯定不会咬人，肥胖如蚕的身躯，在苕叶上缓慢蠕动，吓得我扔掉没扯断的苕藤跳起就开跑，嘴里慌乱地叫唤着父亲。

父亲闻讯赶来，一脚踏在苕叶上，踩死猪儿虫，瞪眼训我："少装怪，赶快扯，今天的任务就是挖完这块地，回家淘红苕喂猪！"

我只得噘嘴乖乖低头干活。父亲性子暴躁，我要强又犟，挨了他无数次打。人大了，长了点记性。扯完苕藤，就挖红苕。这活路也有个讲究，不能乱挖。要不然，地里的红苕多被挖断。我还算不笨，这些活看会了，也完成得快。等地头上沾满泥土的红苕堆成小山时，我蹲下身，用手将泥土抹干净，让红苕光生生的，再扔进背篼。一则重量减轻，二则等下淘红苕时，也洗得快。

做完这一切，也是日落西山了。我也累得直不起腰杆，没法，还得背上一背筐沉甸甸的红苕回家。

还未进家门，就见房顶炊烟缭绕，必定是弟弟在拉风箱煮夜饭。放下背篼，我又提水淘红苕。

"姐，先洗干净几个，我们烧红苕吃嘛。你肯定饿了哟！"流着鼻涕的弟娃屁颠颠地跑来，生他可是罚了款的。父母待他如宝贝，轻易不舍得动他一根手指，可苦了我，吃骂挨打成家常便饭。懂事的弟娃并不仗势欺人，他体恤我，爱护我，我们姐弟的感情很好。

要得嘛，我正饿得咕咕叫呢。吃生红苕爱拉肚子，烤红苕才好吃呢，又香又暖又面。他俯身挑拣几个小老鼠样红皮的红心苕，在桶里搓洗干净，丢到灶孔里，抓一把竹叶盖住红苕燃烧。

我抡起"苕棍棍"在桶里使劲撞洗红苕，差不多洗完第三遍时，鼻尖就闻到一股甜香。弟娃用火钳夹着烧熟的红苕放在灶角凉凉，要不然，烤红苕会烫坏嘴角呢。

等我把满桶的红苕彻底淘干净后，弟娃递给我一块略微烧焦皮子泛棕色的红苕："姐，来吃炮红苕！"我的手在冷水浸泡下冻得通红麻木，来不及甩干手上的水滴，把红苕握在手心，来回翻滚。手掌慢慢有热度和知觉了，才轻轻一撕，红苕的皮就整块掉了，露出红绒绒的肉体，冒着热气。我贪婪地咬一口，哇，入口即化的松软，甜香盈满口。"姐，好吃不好吃？"弟娃凑近我问。我点点头，用衣袖把他鼻头上的灶灰擦干净，又替他擤干净鼻涕，拉他坐在门槛上，一起欢喜地吃着这世间最好的美味，等待父母归家。

那时不知，西充最好吃的红苕其实产自金山。

金山的土壤最适合红苕生长。《西充县志》记载，金山乡全部的土壤为红棕紫泥土，这种土壤先天发育浅，以剥蚀风化成红石骨子土为主要成土方式。风化作用强，土壤一片红。说来，这并非肥沃的土壤，是上苍对世间万物都不偏袒，自有的安排。

"我们金山的这种土壤，适宜种红苕。不信，你换到凤鸣、义兴那一带种来看看，味道肯定不同！"张云，金山人，西充金山红薯农民专业合作社社长。说起西充的红苕，他信心满怀，首推金山。

张云带我去他的红苕基地。从县城到金山，不过二十分钟左右的车程。出城后，绿色植被就紧紧跟随着我们。山风呼呼，绿意满眼，自然的乡村美景呀，让我沉醉不愿归去。

过了永清的场镇，再拐过几个弯路，眼前地势开阔，裸露在外的红色泥土，在阳光照耀下，闪烁着丰润的光泽。这是我倍感亲切的土地，长在这种石骨子地上的红心苕、黄心苕，蒸出来，又软和又甜香，确实好吃。

　　下车，我们上坡，穿着高跟鞋的我，也走不惯这坑坑洼洼长满野草的山路。好不容易深一脚浅一脚走上去，低头就见地上匍匐生长、狭长叶片的红苕叶，咋个和我印象中肥大的叶子差别那么大呢？

　　"这个是红心苕，我们蜀金旗下就三个品种：红心苕、黄心苕、紫薯。你看，那一边，全都是，有一千亩。要达到有机的标准，必须要成片种植。要不然，中间一块地是村民自己种，他嫌费事用除草剂，那就麻烦了，会影响我的红苕质量。"张云说。

　　张云不像我认识的其他做农业的老板那样不爱讲究穿衣打扮，他一身时尚的装束，笔挺的西装，腰间是质量精良的皮带，西裤与油亮的皮鞋，活脱脱一个都市的商务白领人物。

　　顺着他手指方向看过去，哇，公路对面，高低起伏的丘陵，全被一层绿油油的色彩覆盖。在天空下，如此辽阔的土地，都是红苕的版图。我想，西充的"苕国"称号，指不定就说的是金山呢。

　　种红苕最麻烦的是除草。这个必须要人工除草，不能用除草剂，要保证红苕的原生态要求。还有就是窖藏，我们投资100多万元修苕窖。农村传统方法都是挖洞储藏，10月挖的红苕，要吃到来年3月呢，会储藏的人家还能吃到来年6月栽种红苕的季节。

　　第一年种红苕，用人工，效率不高。今年我们引进机器，用机器挖红苕，方便得多。红苕的利润不高，只能靠量。张云介绍说。

为什么想到种红苕呢？我清楚，依靠种红苕赚钱，并非易事。

我1989年高中毕业后，到棉纺厂上班，又在乡政府上了十年班。遭清退后，跑到重庆石油公司，揽了做工程的活，没想到一个工程完成，就赚了好几万。让生活得到了较大改观。石油公司后来工程不外包了，我又回到西充。

农村外出打工的人走了后，土地撂荒多。我们金山土壤好，我想因地制宜，这样的土地就种红苕。我种红苕，算来已有五个年头了。

说话间，有两位背着背篼的村民走来，见到张云，尊敬地喊他张社长。村里的农户都成为他们合作社的工人了。

我想，金山有幸。

"金山的水质相当好，检验过，能当矿泉水喝！以后这里通轻轨了，我要搞农家乐，让来往的游客停留在金山！"回城的途中，张云描绘着他建设故乡的计划，语气里是无限的自豪。

红苕生命力强，在贫瘠的土地上，随便栽种就能成活。一方水土养一方人，西充的"苕国"称谓，是否也暗示我们西充人身上具备的一种不怕吃苦的精神？红苕藤千丝万缕牵扯不断，莫不象征我们西充人团结一致的精神，谁先富就会带领别人富？

反正，我识红苕味最饶！

回忆红苕稀饭

陈昌明

稀饭是西充人最普遍、最常见的传统饭食。这种饮食习惯之形成，皆因县内地多田少，大米稀缺所致。昔日西充百姓所煮之稀饭，确实是名副其实的"稀"。尽管如此，勤劳智慧的西充人仍把它煮得花样翻新，满口留香，给人以最大限度的营养。

红苕酸菜稀饭：这种稀饭以红苕酸菜为主，偶尔可见大米的影子，大米成为点缀。这种饭一般是在锅中掺上水搭上米后让家中的小孩子先搭火烧锅，这边家庭主妇便做准备切酸菜淘红苕。先将紫红色的南瑞苕淘洗干净，削去虫口和根须后，宰成小孩拳头大小的块。再取出在黄桶里沤制多时的酸菜切成细丝后用两手挤去水分，待锅中沸腾后即将红苕酸菜加入，然后继续加火熬煮。不久大米的熟香、红苕的甜香、酸菜的清香便从锅盖边溢出。这时主妇让坐在灶门前烧火的早已磨皮擦痒的小孩出去玩耍，自己坐下来继续向灶孔中添柴草，用小火熬煮。待到锅中红苕变软时，饭便好了。这种稀饭，大米、红苕、酸菜三种不同之味齐备,别具风味。虽小孩子不大喜欢，却是喜欢吃酸食的人的最爱。他们总是先喝上一口汤，咂咂嘴，皱皱眉，再连说"舒服、舒服"。

红苕叶稀饭：红苕叶稀饭与红苕酸菜稀饭不同的是，将酸菜换成了红苕叶子。此饭因苕叶形似鸭子脚蹼而被百姓戏称为鸭脚板儿稀饭。煮这种饭待加入红苕和红苕叶煮沸后要敞锅煮，如锅盖盖得过严或过久，则锅中的饭容易变色，虽好吃而不好看。这种稀饭没有刺鼻的酸菜味，小孩子最为喜欢。他们舀饭时先在锅底捞大米，且尽量不带苕叶，最后才舀上几坨红苕，喜滋滋地端到阶沿上去吃。

红苕萝卜丝稀饭： 萝卜丝稀饭是冬天的饭食。煮法是将白萝卜先切成片再切成细丝后，与大米红苕一起合煮。这种稀饭既有红苕、萝卜的甜味，又有大米的熟香味，十分可口，是老人小孩们的最爱。

干苕叶稀饭：干苕叶是农村挖红苕时，晾晒在桐树或桑树上之干苕藤上的叶子。食用时须先从干苕藤上摘下干苕叶子，然后在清水中浸泡数小时，再清洗掉苕叶上的泥沙杂物才可食用。因干苕叶没有干菜耐煮，所以煮这种饭时，要先下大米，待到锅中大米已有七成熟时再放入干苕叶。这种饭因有干苕叶容易染饭，黑黢黢的。苕叶掺多了看起来很不舒服，还倒胃口，偶尔吃一顿还可，吃多了很伤人。

一口苕香一生情

何源胜

这次回金山，是应邀写一篇关于红苕的散文。

西充素有苕国的称谓，大人小孩、男女老幼无不对红苕充满感情，尤其金山红苕最具特色，所以金山乡又被称为苕乡。但西充从什么时候开始就叫苕国，却说不上来。以前外地人戏谑西充为苕国，说西充人吃苕干喝苕酒说苕话，跑一趟西充都说是出了国；多少有一些调侃，甚而鄙视。是啊，那时候西充穷，没有米面过日子，全靠红苕当家，人的皮肤都吃成红苕的颜色了。

车子摇摇晃晃，驮着我们从县城一路跑去目的地：金山乡桂花村。摇晃中，我的思绪回到了远去的童年……

小时候，我和妹最快乐的事情就是从灶孔里刨出"炮红苕"来，这是阿婆给我们准备的"幺台"。阿婆用草木煮熟人食和猪食，再借助草木的余热埋了红苕，只等我们饿了的时候美美享用。我们都觉得阿婆高妙，是全世界最好的阿婆，于是抖去草木灰，一口咬去，香味便满口钻去，香气还要钻到鼻腔里，催促了鼻涕一长一短不停伸缩。然而我和妹是没有时间顾及鼻涕的，红苕太香，绵软悠长，余味都要缠绕指头，让我们使劲吮吸。

吃到最后，嘴边往往残留了黑黑的草木灰，混合了鼻涕，如果用手揩去，鼻涕便猫须一般飞出两边，阿婆自然大笑不止。

"炰红苕好吃不？"阿婆问。

"好吃好吃。"我们争着说，以为这样说了阿婆还要拿几个出来呢。

"少吃香，今天没有了！"阿婆继续问，"你们知道红苕是从哪儿来的吗？"

"灶孔的草木灰里出来的。"小妹呀呀地说。

我看着阿婆笑得眼泪都出来了，便说："是从地里长出来的！"阿婆没有说话，继续笑着，她是笑得说不出话来了。

端午前后，如果遇到下雨天，阿婆便用背篼背回很多苕藤，用剪刀剪成很多小段。剪成小段的藤条，会运送到地里去，借助下雨的湿润，栽插进泥土里。我和妹在阿婆的带领下，也使用起剪刀来。劳动的间隙，我们也会调皮地摘取几根苕叶，一条条撕折，又一条条地挂在耳朵上当辫子，相互取闹，免不了又惹得大人哈哈大笑。

老家的田地分为两层，田在山下，地都飞到了山上。被剪过的红苕藤，要送到山上地里，地早被大人整理成一垄一垄的条状，远远看去，好像音乐课本上的五线谱。我们在五线谱中奔跑着，笑着，也会模仿大人们，左手凿子般地挖一个洞来，右手捏了藤放进去，再用土掩埋过来，土地里便绿绿地生长很多红苕了。满山遍野的五线谱，就有了满山遍野的红苕，这可是全村男女老少的基本口粮、生活希望。靠着地边的桑树，我心里祈祷着："红苕啊，快长吧，有了你我们就不饿肚子了！"

那时候人吃红苕，猪也吃红苕。年景好的时候，人就吃好红苕、大红苕，猪吃被虫蛀过的烂红苕、小红苕；年景差的时候，人和猪就不分彼此了；最差的年份，人和猪饿得惊叫唤，就抢着吃，连红苕皮子都是珍贵的了。

正回忆着，听见有人说："到了到了！"

迎接我们的，是乡政府分管农业的张乡长，还有一个，据说是经营的业主。"现在红苕已经实行产业化、标准化、市场化、品牌化了。"张乡长介绍说，"金山属于红石膏土，里面富含矿物质，这里的红苕最好吃，市场评价非常好。"

"是啊，是啊，到金山发展红苕产业，确实来对了地方。"业主介绍说，"政府支持，群众支持，天时地利人和都具备了。其他地方的人拿了这里的红苕藤去，产出的红苕确实比不了金山红苕的香甜。"正说着，一辆农用车驮了满车红苕过来，里面的红苕居然大小一致，样子很是乖巧。

我很好奇，小时候的红苕大的大，小的小，现在的红苕居然这样听话，形状一般地大了。业主继续介绍说：

"这得感谢农技专家，不但让红苕有了卖相，而且还提了味。土地里不放农药，连化肥也不用施，这样的红苕依然是小时候的味道，是真的健康食品。"

张乡长接过话题说："非常畅销，一开始外来的人跑来采购，去年我们联系了电商平台，在网上开通销售，现在全国各地，四面八方，简直供不应求。下一步的重点是抓好标准化生产，确保金山红苕的品味品质品牌。还要继续做好利益联结机制，让广大农民脱贫致富奔小康；还要结合乡村振兴，建设苕博园……"

不远处工人开始分拣红苕了，二十来个装进一个包装箱，问了价格，在五十元左右，惊得我眼睛睁得更大了。业主饶有兴趣，得意地谈着红苕的功效，美容美肤，滋阴壮阳，抗癌防癌。我跑过去，也拣了一个出来，清洗过后，张嘴就咬，生生地吃起来。"嚓"，红苕破开了，声音清脆悦耳，甜甜的汁液顿时让人口舌生津，清香确似小时候的味道。这香甜的味道啊，又将我带回了远去的年月。

阿婆站在红苕地里，带领我们栽红苕，她弯腰下去，又站直身子，再弯腰下去，一次又一次亲近土地。阿婆热爱土地，她劳动的样子非常具有仪式感，让我无比崇拜她，也无比敬畏土地。

"红苕是从灶孔的草木灰里出来的。"小妹呀呀的声音又响在了耳边。

我不禁笑出声来。是啊，炣红苕的味道再次涌来，香气钻入我的口腔、鼻腔，浸润五脏六腑，绵软悠长，微风吹去，飘散到漫山的五线谱里。

站在五线谱里，听风吹苕叶响，从这头响到那头，那头的绿又翻滚回来，起伏跌宕。业主还在不知疲倦地介绍："黄心的红心的最好吃，所以卖得最俏，单价都在五元一斤了，苕叶尖也能卖钱……"而我，早被吹来的秋风陶醉了。奔跑在这片红土地上，我感觉自己已经成为最跳跃的音符了。

西充记忆：锅盔、凉粉

杜怡臻

锅盔、凉粉是小孩们在"赶场天"必缠着大人买来解馋的美味。

西充的锅盔与别的地方大不相同，成都的"军屯锅盔"焦黄油酥，就着酸辣粉，吃起来满嘴迸裂着碎屑，弄得到处都是。这个吃相可不太雅观，但，酸辣粉的原材料苕粉，还是很受欢迎的早餐或正餐呢。

锅盔还有个小名，我们一般叫馍馍，或是锅盔馍馍。其他地方也有叫馍的，如西北著名的羊肉泡馍。不过，此馍非彼馍，光是外表，两者就拉开差距。羊肉泡馍的馍，个头小，净白的脸庞撒上几团焦黄，透着精面粉的派头，可比不上西充的锅盔，块头圆润，面如满月，厚重踏实，有小地方人的淳朴与实在，不骄不躁。撕开来，一股面的浓香在鼻尖游走，引得人连吞口水——上等的食物，沾有大自然的芬芳、粮食的气息，挑逗起人的胃口。窃以为，两者不在一个级别。

我一度极为着迷打锅盔这个职业，常常躲在人家摊子后边，流着口水，暗暗思索艳羡："他才好命喔，干上打锅盔这个行当，可以天天吃锅盔呢。"甚至还幻想："嗯，长大了，嫁个打锅盔的也好呢。"如今想来，那时真傻，也真可爱。

西充的锅盔，须有一位黄金搭档的伴侣，就是滑溜软糯的红苕凉粉。两者亲密相连，锅盔的摊旁往往就有人卖凉粉。

20世纪80年代中期，能吃上锅盔灌凉粉可算是一顿奢侈的大餐了。每逢赶场天，运气好，遇上父亲的熟人朋友，见到他身旁咬手指头的黄毛丫头我，他们都会买一块锅盔递来。父亲万般推挡阻拦，也挡不住这股西充式的热情。我看他们相互推挡，心花怒放至极：又有锅盔吃啦！岂不知，这份人情，父亲下回也是要还人家的，不是请他喝茶就是别的方式。可惜，他们一般就是买块锅盔了事，鲜有大方到请吃锅盔灌凉粉的——也能理解，那个时代的生活水平，一个月能吃上一个锅盔也了不得呢。也不知道是哪位好吃家发明了锅盔灌凉粉的妙计，用筷子将锅盔叉开一道缝隙，倒进凉粉，典型的苕国汉堡。张嘴一咬，锅盔的硬实和着凉粉的稀软，面粉的香味混着凉粉的麻辣，再好吃不过！

川北凉粉也是鼎鼎有名，用豌豆制作的雪白凉粉，细嫩但没嚼劲，还是爱那黑皮肤的"乌凉粉"。

西充刘忠举老师还谱写了一曲《西充稀凉粉》的歌，

歌词通俗易懂，充满山村野味，不信请听："西充的稀凉粉咦，味道鲜哟，大人娃儿哟，都喜欢啰。热热络络舀一碗，葱花、蒜水、花椒、盐，海椒油淋得红涮涮啰，辣得汗水打点点，买个锅盔灌一碗啰，街沿边边都站满。幺妹幺妹你跑快点嘞，看到凉粉要卖完啰！"这应该是用川剧来演唱，才够入味呢。

夏天吃不热不冷的乌凉粉，但是大冷天，万物都被一层薄冰覆盖，在哈气都冒出热腾腾的白雾里，手脚冻得冰冷，吃碗嫩绿豌豆尖烩过的香辣乌凉粉，从嘴到肚，由上到下，一股热流周身流淌，顿时整个人就不觉得冷了，令人大呼过瘾！

锅盔、凉粉，西充的记忆，西充的味道！

杨老汉的苕渣米豆腐

吉怀康

一早，我在大院里散步，看见杨老汉在自家门口的台阶下面忙活。

"这么早，吃了没有？"我问。这是习惯性问话——历史上的西充人总是吃了上顿没下顿，因此，"吃了没有"便成了人们见面时最常用的问候语。

"吃了！要做事嘛，醪糟鸡蛋汤圆，切几片香肠下，图快当！"

"会'享受'喔！"我开涮说。

"这是啥年头？你还有吃孬了的？！"

大实话！这么好的日子，国泰民安，丰衣足食，谁会与自己过不去？

一看就知道他在制作"摇架子"。木工用的锯子、锤子、凿子、钻子、曲尺等工具，一应俱全，正在钻着摇架子两条木方顶端拴纱（读去声，方言"过滤"）帕的孔。早就听说老汉很能干，还在老家种有庄稼，今年收了七八百斤红苕。一看他做摇架子，我马上明白他要干什么了。

脑子忽然灵光一闪。西充县政协正在编纂有关西充饮食的文史资料，有位张先生，就在微信群里发了一篇《记忆中的"苕渣米豆腐"》。一读，不觉眼前一亮。我是土生土长的西充人，吃过苕渣做的各种饮食，却从没吃过、也未听说过苕渣米豆腐。

吃苕渣，对于我们这一代人来说，不过家常便饭。红苕易烂难贮藏，磨苕粉收藏是迫不得已而为之的一件烦难事。磨粉剩下的苕渣，有条件的可以在晒坝或晒簟里晒。没条件的家庭，只能将苕渣捏成团，叫作苕渣疙瘩瘩，一大坨一大坨放在房梁、屋脊上，或者树杈、露天石头上，让其日晒夜露。待干燥后用棍棒敲碎，再用石磨磨成粉，就可备食用了。像我们这样的普通人家，一般都是熬青菜、牛耳菜撒苕渣面，能将这种苕渣菜羹熬得稠些、熟些，就算阿弥陀佛了。

米豆腐原本是西充的特产。米豆腐炒腊肉、蒜苗或芹菜，至今仍是西充人大年三十家家户户餐桌上必不可少的一道主菜，而且也是游子他乡留在舌尖上的永恒乡愁。

制作米豆腐须经多道工序。首先是精选干净稻草，烧灰，泡碱水，再用澄清的碱水浸泡大米、磨浆。将米浆熬干，这叫"打熟芡"，待熟芡冷却时用手一坨坨拍打成近似纺锤形的坯子，每个一到两斤左右。再在大锅里倒上碱水，垫上精选的稻草茎扎的草把，把米豆腐坯子码在草把上面，用猛火蒸熟。这样制作出来的米豆腐就叫"浑水米豆腐"。

张先生家里穷，引火都靠敲火石或是火镰，照明靠点油桐籽。粮食更是奇缺，辛辛苦苦，两手皮都磨破了，在水里浸泡得红肿发白，磨的苕粉却舍不得吃。他是西充群德乡人，罗纶的同乡，常常和他爸一大早就起来，爬三十多里的山路，去赶南充的龙泉场。卖掉苕粉，再将变卖苕粉的钱买回苕渣或苕皮。一斤苕粉能换回四斤左右的苕渣或更多一点的苕皮，就觉得赚大了，很是高兴。过年时没米，母亲就用自己的灵心巧手，变着法儿硬是拿苕渣面制作出了安慰家人味蕾、食欲的"苕渣米豆腐"。

"那么多红苕，难得磨哟！"看架势就知道，杨老汉不准备用机器打磨红苕，而是要自己磨苕粉了。

老汉嘿嘿笑了，继续着手工活，表示默认。

想起张先生的文章，我同他攀谈起来。

"吃过苕渣米豆腐吗？"

"吃过！啷（方言"怎么，为什么"）没吃过！"

"啷我就没吃过？"

"你么，要么家庭条件好，要么是工干家属哟！"

我哪有那样的命！我是因老家就在城附近，没有山，人多地少，红苕产量低，苕渣也是稀缺之物，吃都不够，哪有拿来做米豆腐的！

"不要说还好吃！"这时候，他的老伴从屋里走了出来，说道。

"筋事（方言"有韧性、筋道"）得很！比米豆腐还筋事！"老汉称赞说。

经杨老汉一说我才知道，原来单纯的苕渣面是不能做米豆腐的，因为缺少黏性，捏都捏不拢。要加少量的米、苞谷一起磨粉才行。

杨老汉老两口都是观音乡人，我一下想起旧志中关于吃观音土的许多恐怖记载。如：

清同治十年（1871）大旱，"民食野草、观音土。市鬻儿女，道路死者相属"。

清光绪二至三年（1871—1877），丙子丁丑年，"饥殍塞途，饿死累累，惨不忍睹。草根树皮和观音土罗掘殆尽"。

"我们那儿哪有啥子观音土喔！"杨老汉似要发感慨了。

"原来那有个观音庵。"杨老太婆补充说。

是我想多了，望文生义。于是谈话又回到苕渣米豆腐上来。

我已请教过张先生，知道苕渣米豆腐的制作工序、方法和米豆腐是一样的，但更麻烦，因为先要晒干苕渣，再用草木灰浸泡的碱水磨苕渣粉，然后打熟芡。

"那个苕渣疙瘩瘩，大块大块的，面上全是黑黢黢的菌丝，用帕子一抹，有的里面还是湿的，都生蛆了，肥块肥块的，还在弯，还不是一样吃了！"老太婆大发感叹，

"现在我都还记得过年时用棉籽油炒芹菜、苕渣米豆腐的味道！"

我又不由想起张先生的一段痛苦回忆：一天吃中饭的时候，张先生忽听侄儿侄女像被蛇咬了一样尖声哭叫，忙跑出门看看究竟。原来两兄妹在家煮早饭，只因想吃几个"灰包子"，就把本应留下来煮午饭的苕渣面一股脑儿全部撒在锅里了。大嫂收工回家，发现这一"突发事件"，一时着急，就让两兄妹跪在阶沿石上，还暴打了一顿。那时侄儿六岁，侄女五岁，旁人批评大嫂太狠心。大嫂却呜呜呜号啕大哭："你们倒是会说！中午一家大小去喝风啊？！去你家吃啊？！"

王炸一出，围观者即刻作鸟兽散。

张先生的文章文笔也很好，而且，作者没有停留在抚今追昔的低层次上咀嚼痛苦，而是希望借此告诫人们：记住那段国家落后、物资匮乏、人民穷困潦倒的年代，避免重走弯路，满满的正能量。我极力推荐该文入选文史资料集。

杨老汉没有注意到我的沉思，"好吃！炒得焦个儿焦个儿的，有嚼头，喝几口苕干酒，快活到命头去了！"一边说，一边慢悠悠停下手中活，大张着厚厚的嘴唇，黑亮亮的眼睛直盯着我，怕我不相信似的。

我当然相信那时的杨老汉是快活的，满足的。

西充籍著名作家张承源先生就曾经写道："故乡忆，最忆是红苕……当我吃到家乡的红苕时，世界上所有的美食都不那么让我回味无穷了。"

谁会怀疑他们说的不是真心话，不是真实情感的流露呢？不过，这是以那时的他们、那时的环境、那时的食物和口味作为前提的。虽然，儿时舌尖上的味道不仅直通肠胃，而且深入灵魂，但是，现在要让杨老汉再去吃那时的棉籽油炒苕渣米豆腐，喝那时的苕干酒，也许就不再是当年的那个味儿、那个感受了。

我故意激他，既然那么好吃，今年你何不做点尝尝！

老汉拿起做摇架子的木条，瞄了瞄，有点嗒然地说："想过，就怕那些娃儿不吃！光我们二老，能吃多少？"

"这倒是话！"邻居王老师老两口上街路过，也停下来给闲聊加把火，"你想想看，那些腊肉香肠、心肝肚舌、鸡鸭鹅肉都吃不完；那些年馋得流口水的熊掌豆腐、腊肉蒜苗炒米豆腐，都是掀来掀去，哪个还吃你那个陈古八年的苕渣米豆腐？！"

"也不尽然。"王老太婆插话了，"吃个新鲜，尝个岔味，也不一定！"

果不出所料，杨老汉的儿子质疑说："你们没事干？提起红苕就伤胃，哪个还吃苕渣、苕渣米豆腐！"女儿倒是委婉多了："你们要做，给我留一两个也可以。"

隔了好些天，阳光灿烂，再见到杨老汉，黝黑的脸上闪着金子般的光芒。他已经回乡下晒了好几十斤红苕粉，又买回了几十斤黑毛猪肉。我开玩笑说，还等着品尝你的苕渣米豆腐呢！

老汉挤着狡黠的眼睛说："总有你好吃的嘛！"

这时，杨老太婆拿出一个袋子送给我，里面是两块米豆腐，金黄油亮，光洁细腻，手一按，很有弹性。我知道，这就是传统正宗的浑水米豆腐，乃米豆腐之上品。

"加苕渣面没有？"我赶紧问。

"包你好吃，不后悔嘛！"杨老汉大张着厚嘴唇嘿嘿笑着。

"苕渣都送人喂猪了！"杨老太婆侧过身来，也挤着眼睛，小声对我说。

我有一篇获奖作品叫《碗里春秋 碗里家国》。一个民族的饮食史，不啻一个民族的艰辛奋斗史、兴衰成败史。作为"苕国"人，我竟没有机会尝到苕渣米豆腐，幸耶？非耶？

日上中天，杨老汉黑亮亮的眼睛还在望着我笑，黝黑的脸上闪着金子般的光芒，大张着厚厚的嘴唇……

苕渣疙瘩

蒲润康

眼下，西充的苕渣疙瘩（亦称苕渣坨坨）已经淡出了人们的视线，市场上很难见到它的身影，但苕渣坨坨做成的食品却令人难以忘怀。

20世纪六七十年代那个特殊的不平凡岁月，苕渣疙瘩在川北农村处处可见。那时我家四口人，生产队按挣的工分多少及人口计算，人均每年要分四百多斤红苕，三分之一用来窖藏，因怕烂苕，其余的红苕做成苕粉及苕渣疙瘩。

记得1972年初冬的一个下午，我从离家四公里的青狮完小放学回家，用苕筟在井边的屯水田把红苕撞洗干净，再用井水冲。晚上在油灯下，母亲、姐姐和我分别用苕擦子，把一百多斤红苕磨细，然后在黄桶上吊摇架子，系上纱布的四个角，不断掺水把磨细的红苕里的淀粉透出来。余下的苕渣，第二天晚上全家一起捏苕渣疙瘩，再放在厨房的瓦上，让其吸苍天之灵气，收日月之光华。日晒夜露半月至一个月后，再用稻草一个连一个地捆起来，挂在横梁上，恰似一串串灯笼。一千多斤红苕的苕渣疙瘩就这样十余天搓完，这就是来年青黄不接之际全家人的主粮之一。

在次年的正月间，趁空余时间把苕渣疙瘩用锤子砸碎，再向生产队请示用牛推磨。利用星期天，自然我邀牛，母亲头上包一张帕子，专门用细丝箩筛筛大磨推下来的苕面粉。这筛过的苕渣面要与自留地的青菜，以及国家配送的返销粮等搭配起吃，有计划地吃到谷雨后嫩胡豆、嫩豌豆出来为止。

苕渣疙瘩磨成的苕面吃法多种多样。一是煮。把苕面用水揉搓成团，切割成鸡蛋大小，再压扁包上葱、芹菜，去皮的腊肉颗粒，少许姜蒜，捏成豆角状，人称"豌豆角儿"。再放进已八成熟的酸菜稀饭里煮，那硕大的"豆角"吃起来柔软爽口，香味四溢，吃了一个，还想吃第二个。若吃上几个，一上午干活就有使不完的劲，真正成为阴历二三月度饥荒的最佳食品之一。

二是蒸。把苕面用水和了后，用包包菜与腊肉颗颗及姜葱作馅，捏成小鱼或元宝状，放在小笼屉里蒸上二三十分钟就可以享用了。另外，用酸菜汤下"苕面鱼儿"也十分爽口。

三是炒。将和好的苕面切成条再蒸十分钟，然后切一节挂在堂屋的腊猪大肠，在锅里煎出油，再放半坨酸菜及蒸过的苕面条同时炒，再放姜葱。若再把农户每季度凭票打的半斤或一斤烧白干酒，斟上几杯，用炒好的莙面条下酒，打开从公社广播站牵到每户家中的小广播，听听新闻，或欣赏样板戏片段，或唱一曲《北京的金山上》，那也是晚上休闲最快乐的一件事。

而今，我们的生活发生了翻天覆地的变化，吃的穿的琳琅满目，不再为生计发愁。但，在那个激情燃烧的岁月，家乡莙面的味道仍常常在脑海中荡起层层涟漪。

苕果果

蒲 俊

记得7年前，在我花甲之年的生日晚宴上，3岁孙儿手舞足蹈地表演了一首名为《苕果果》的儿歌。不知是童音情深带稚，还是舞姿优美，孙儿的表演获得了亲朋好友经久不息的掌声。于是，让我这个当爷爷的热泪盈眶，浮想联翩，居然激动得半天说不出话来。儿歌这样唱道：

> 红苕果，滴溜圆，像个球儿亮又鲜。
> 三十夜，炒果子，娃娃晓得要过年。
> 灶头边，锅面前，孙儿围到婆婆转。
> 脚板跐，衣兜牵，兜兜揣得满了弦。
> 哥们好，叔伯贤，果果上桌话团圆。
> 果子脆，果子甜，娃儿该得压岁钱。

我这人生来就嘴馋，儿时的事也最能煽情，加之上了年纪的人对儿时有着一种特殊的眷恋，勾起了我对家乡的舌尖回味。

退休以后，也曾尝试做过几次苕果果，但总找不到童年那香甜、那酥脆的感觉，一直牵肠挂肚，心存遗憾。2018年底，落叶归根，漂泊在外的我回到阔别半世纪的故乡县城居住。功夫不负苦心人，几经周折，多方面打听，我终于得知当年做苕果果的高手黄幺姑还在世。前不久，我抽时间专门拜访这位96岁的长寿老人，想从她那儿找到制作苕果果工艺的秘诀，并且也希望能查证到从什么时候开始，那首脍炙人口的儿歌在槐树镇一带流行的有关史料。近半月的跋山涉水，走村串户，我既有一些失望和无奈的感觉，也收到一线喜悦。失望的是无法找到儿歌诞生于何年何月，是何人所创；收获的喜悦就是断断续续从黄幺姑那儿了解到苕果果的制作工艺和具体流程，着实让我兴奋了好几天。

从黄幺姑那里得知，苕果果的制作过程有些非常苛刻的要求。它的具体操作精细严谨，一些地方还蕴藏着天时地利的科学理念。

首先是选料。因为苕果果要求色彩鲜亮，只有红心苕做出丸子或切的苕丝丝颜色才能达标，在视觉上给人红润美的感觉。红心苕做成的苕果果就像珠宝店里的玛瑙一样，玲珑剔透，光亮夺目。黄幺姑一再强调并非是红心苕都可，做苕果果的红心苕最好选沙土地里的，沙土地的红心苕个头不大，含糖量极高，口感好。由此可见，选料也有科学成分。刚挖出来的红心苕也不宜作为选料，据当地有制作经验的老人说，气温和特殊的地理环境往往会直接影响甘甜。红苕刚挖出来应在通风处堆放一段时间，霜降前红苕才能入窖。若要加工苕果果，再从窖中精选窖龄一月以上的红苕，因为下过窖红苕水分蒸发后才既甜又柔和。

红苕选好后就是干蒸，干蒸营养成分不会流失，利于捏团晒干。蒸的时间一定要恰到好处，一般大约20分钟，过熟了切苕丝难成型，团果子不易干，检查蒸熟程度常用筷子插试。蒸熟后的红苕要及时去皮，这样可保证果子光泽度。待红苕凉后要在盆里反复搓揉，直到全部融成面团为止。再将揉和的苕团捏成像铜钱大的圆果子，而且要做到均匀光滑。

苕果果成型后，晾晒也很麻烦，这要根据经验判断近10天的天气变化。据黄幺姑说，要看蜘蛛网绷得紧不紧，上面有没有露珠。如果蛛网绷得紧，就会晴天起风，蛛网上有露珠，必然是雾天。冬天起干风的天气非常少，干风天比太阳晒还来得快，一般就会连续三个晴天，这样晒干的苕果不会长霉，颜色鲜红好看。

槐树镇收红苕的时候大概是农历九月底，雾霾天气居多，在潮湿的气候下将苕果子及时晒干也着实考验人的耐心和智慧。村子的人们常用山竹编成大筐，将苕果子挂在自家高楼通风处。这样一来，既便于出太阳及时晾晒，又方便煮饭时挂在烟筒边加热烘烤。及时晒干的苕果果一眼就能分辨出来，因为干透了的苕果果色泽特别红润发亮，抓在手里相互碰撞有声。

为防产生霉变，储存也有严格的要求。干透了的苕果果常常选在中午时装缸密封，最好用塑料膜扎紧口子，到年关上灶炒时才开缸。

炒苕果果需要沙子。槐树镇附近没有大河，沙子要从南部县嘉陵江边去找，但蒲家坪离嘉陵江远，村民们只好因地制宜，以山上的白泡沙石头取代河沙。用大锤先将挑选好的亮色白泡石头捣烂，用细筛子筛一遍，再用井水反复漂洗。漂洗多少次，以布包裹验收为标准，只要白布不变色即可。最后再把清洗干净的沙子及时晒干，同样是中午密封装缸。

万事皆备，只欠上灶炒苕果果了。这是最后一道工序，也是最难的最有学问的一道工序。因为上灶的人不仅要手疾眼快、嗅觉灵敏，而且还要具有总揽全局的意识。当锅里散发出浓烈的香味时，上灶的人既要指挥烧锅的人调整火势，又要一边不停地炒，一边不停地闻味道。闻味道主要靠经验说话，炒的时间不够果子不酥脆，炒的时间过久果子会变色，残存一种奇怪的焦味，前功尽弃。因此，这个时候只有通过眼睛飞快地扫视，手不停地把炒果子的热气扇到鼻子边，让鼻子做出准确而及时的判断。这样才能把果子炒到恰到好处，才能做出最香最甜最亮色的极品来。功夫到家的苕果果的确好吃极了，入口既脆又无渣，甘甜余香。

苕果果不仅是美味小吃，也是家乡槐树镇一道亮丽的美食风景线，饱含着许多值得探讨的人文理念。由于岁月流逝、社会发展和生活水平的不断提高，人们大都进城了，苕果果的命运变得坎坷而有些黯淡，面临失传。苕果果也还有许多鲜为人知的故事等待人们去收集整理，它的内涵早已超越了表面现象。前不久，当我和健在的少年伙伴提及苕果果时，大家都感慨良多。是啊，这正是因为童年舌尖上的味道，历久弥新，让人回味无穷。

　　槐树镇是我出生的地方，我自然有一种特殊的情感。那香那甜那圆那脆的苕果果，是否还有继续生存和发展的空间？红苕与长寿之间的奥秘是否还需要人们更进一步探索？我多么希望有一天，苕果果能在槐树古镇弘扬光大，苕果果的儿歌会重新在蒲家坪上唱响。

西充红苕的品种及陈家人的吃法

陈昌明

以前，外地人谓西充曰"苕国"，非因西充的红苕栽种面积大产量高；而是说西充人以红苕当主粮，贫穷土气，贬多褒少。

在20世纪80年代以前，红苕是西充人上顿接下顿，顿顿离不开的主食。以前西充红苕以南瑞苕为主，随后引入日本之"胜利白"，国内的"徐薯18""南薯88"；后来又有县农科所培育的"西充黄心苕"。这些品种中口感和味道以南瑞苕为最佳。

陈家人吃红苕方法有三：

蒸红苕打菜汤。红苕是主要食材，菜汤辅红苕下咽。打菜汤即烧菜汤。其烹制办法是先选取个小细长的红苕，将之淘洗干净，削去红苕上的虫口和根须，再将红苕放入铁锅内，掺入少许冷水后盖上锅盖加大火蒸煮即成。盖锅以铁锅盖或光盆倒扣为最好，这样严丝合缝，锅中热气不易散发，能快速将红苕蒸熟。在大火的蒸煮下出来的红苕又面又甜，挨锅底的红苕那糖丝可拉一尺多长。

蒸红苕一般选"南瑞苕"或"西充黄心苕"最好。
这两种红苕蒸熟后个个都油光粉面，还会裂开一道小口，
又甜又面，勾人食欲。特别是南瑞苕皮紫红，肉白嫩，给
人很舒服的感觉。那边蒸红苕，这边便开始打烧汤。菜汤
所用的菜一般是切碎的酸菜，先将少许猪油在锅中煎化
成油汁后，即将酸菜放入锅中烹炒，最后再加上适当的冷
水煮沸即成。少数家庭也有用牛皮菜打菜汤的，但绝大多
数家庭都用的是酸菜。蒸红苕打菜汤虽算不上美食，但老
少不欺，大人小孩都爱吃。红苕蒸好后，年轻人独自捡上
一碗端到院坝里边吃边摆龙门阵，哽到了才跑回家去喝一
口汤，接着又出来瞎吹，肚子吃得绷股子胀也舍不得放筷
子。每年冬天，就是这种蒸红苕打菜汤的饭，把年轻人吃
得胖嘟嘟的，个个脸上油光发亮。

熬红苕熬酸菜。熬红苕熬酸菜是旧时西充人的又一主
食。虽没有蒸红苕打菜汤可口，但对于大米缺少的农家，
除此之外还能有什么饭可煮？熬红苕熬酸菜，是将切成块
的红苕与切碎的酸菜混合煮。这种饭煮起来简单，只需要
将洗净的红苕切成块，然后拌以切碎的酸菜，混合熬熟即
可。这种饭，大人忙农活时在家的小孩子也能煮，只要锅
里的红苕熟了，饭便煮熟了。这种饭吃了最容易顶心和冒
酸打嗝。大家都不大想吃。小时候在外面玩累了，饿了，
回家的第一件事便是去看煮的什么饭。揭开锅盖，闻到的
是那刺鼻的酸味，便"嘭"的一声盖上锅盖，一个人坐在

门槛上直想哭。

　　煮红苕稀饭。煮红苕稀饭同熬红苕熬酸菜的食材和煮法一样，只是多了点米，酸菜也没加那么多。在那个年代，这种饭算好一点的饭食，但不常吃，其原因是西充田少地多，大米紧缺。

　　蒸红苕打菜汤、熬红苕熬酸菜和红苕稀饭，是那个缺吃少穿的特殊年代人们赖以生存的必需，即使不想吃，也不得不吃。如今，不管是农村还是城镇居民，成天大鱼大肉，吃香喝辣，把这三种饭，又特别是把蒸红苕打菜汤当成了美食。

苕渣坨坨

梁 永

最近，我们几个要好的同学相聚在一起，酒酣耳热之际，大家便调侃起来。我望着酒菜感叹："我这人命苦啊，少年时想吃却没吃的，如今有吃却不敢吃。"

一个女同学呵呵笑后，歪脖而问："为啥？"我抿嘴而答："想活命，怕三高呗。"大家一阵爽笑后，我便回忆起童年的美食"苕渣坨坨"来。

在那艰苦的岁月，父母养育我们兄弟姐妹七个，是多么地不易。一天，父亲对母亲讲："趁着我还身强力壮，给娃盖几间房子吧。"

母亲蹙眉而言："现在家里吃穿都成问题，哪有多余的钱粮来盖房子！"父亲正色道："丫头大了嫁人，不用老的操心。儿子大了没房子，谁个姑娘愿上门？"

母亲思忖一阵，便叹息点了点头。

第二年春天，父母将一间半的老屋拆了，搬到离老院两里地的乱坟湾。父母私下嘀咕："这里能养猪养鸡养鸭，好搞副业。"

房子修好后,队上一位大爷对我们家娃娃悄悄说:"你们住的是坟窝窝,晚上有鬼!"我们家几个娃娃一听,便胆战心惊起来。每日天还未黑,便早早吃了晚饭,关门上了床。偶尔半夜醒来,听到窗外夜鸟咕咕之声,便把头缩进被盖里,瑟瑟发抖,更不说半夜起来上茅房了,不知尿床尿了多少次。

且说我们家修房后,生活更捉襟见肘。冬天来临,母亲望着面黄肌瘦的我们,抹着泪唠叨:"这生活咋过哟,要饿死人……"父亲蹲在房前一块石头上,吧嗒、吧嗒抽着旱烟,想了一阵,然后将旱烟杆在石头上敲了两敲,说:"好,做生意!"

母亲一下把眼睛瞪得溜圆,喃喃而语:"生意——做啥生意?谨防割你资本主义尾巴,万万使不得,我们家世代可是贫农……"父亲不等母亲唠叨完,便生气道:"这也要不得,那也要不得,未必活人要被尿憋死?"

母亲见父亲来了气,便默默抱着苕藤进了猪圈房。

当天午夜,父亲吃了一碗红苕坨坨,背了一个大竹篓,怀揣十元钱便上了路。天微微发亮,父亲气喘吁吁,满头是汗,背了一大竹篓红苕回来。

母亲一见,便笑眯眯接下竹篓,小声问道:"娃儿他爹,多少钱?"父亲捞起衣服,边擦汗边答:"用了七块八角钱。"便舀了一瓢凉水,仰脖而喝。

母亲一把夺过父亲手中的瓢,愠怒道:"喝不得,喝生水肚子要痛！"父亲提袖把嘴一抹，嘿嘿讲道"喝凉水才解瘾。"便吩咐我们几个娃儿洗起红苕来。

母亲将洗净的红苕用苕擦子磨了起来。不一会儿，母亲满头是汗，用手不时捶着自己的腰。我们几个大点的娃，便帮起母亲的忙来。

父亲见红苕捣碎了，便找来三根长长的木棒，绑成一个三角架。三角架上拴了一根绳，绳子下端又套了个木制十字架，十字架上又拴了个筛帕。

母亲舀了几瓢捣碎的红苕浆，倒入筛帕中，便与父亲对拿着十字架，你来我往不停地摇荡起来。我们大点的娃用瓢不停地向筛帕添着水。随着十字架的叽咕声，筛帕下面流淌着米黄色的水。几瓢水过后，筛帕下面渐渐流出清水来，父母便知捣碎的红苕浆没有淀粉了。母亲舀出苕渣后，又开始下一轮活。

当天夜里，母亲拿来一个竹篓，用一张大包帕将所有的苕渣包了起来，吩咐父亲抱来一个小石磨，压在上面，只见竹篓连连不断流着淡黄色的水。

第二天一早，父亲抱开小石磨，母亲便揭开包帕，将苕渣捏成一个个圆坨。父亲用筛子端着，爬上高高的木梯，晾晒在瓦房顶上。

九、十月川北的气候阴天多雾。不上几天，房顶上的苕渣坨坨变得焦黑。又经霜风一吹，拿在手中轻轻的，但非常坚硬，雀雀与老鼠都不会去动它。因为雀雀与老鼠都是精灵，知道苕渣坨坨没有营养。

翻春后阴历二三月，青黄不接时，人想吃才慢慢拾下房。找来一个大簸箕，中间放个木墩，用锤子慢慢地敲。开始不能用力太猛，否则弹个老远。

敲碎的苕渣，放在石磨上磨，并且要连磨两次。成粉末后，与麦麸混在一起，每顿酸菜熬苕干，撒上两把，便能稠汤。再舀半勺自制的辣酱凉拌，这就是那个年代川北普通农民的一日三餐。

且说，父亲将晾干的苕粉，悄悄卖给镇上的综合商店（镇上综合商店的经理与父亲是堂兄弟，每次卖苕粉时都要背后送他一二斤），所得钱是买红苕的两三倍，父母因而笑得合不拢嘴。

第二年阴历十月的一天，父亲买红苕回来时，满头大汗，一脸铁青。母亲一见，忙问："娃儿他爹，咋了？"父亲抹着汗，结巴而答："我碰见鬼了！鬼——鬼鬼！"

母亲一听，脸色煞白，"当"的一声关上了门……

我不相信世上有鬼，只是父亲体虚，产生幻觉而已。但不久父亲参加集体劳动时，突然倒地猝死，经镇医院医生诊断结论为：劳累过度，虚脱而亡。

父亲的死如天塌一般，母亲卧床不起，我们几个娃娃哭成一团。傍晚，外婆轻轻推开房门，拄着拐杖，抹着眼泪走近母亲床前，握住手喊了一声："闺女。"

母亲一下抓住外婆的胳膊，喊了一声"妈"，便大哭起来。外婆抚摸着母亲的头发，看了看我们，说道："你要坚强些，要是有个三长两短，这么多娃儿咋办？……"

母亲默默淌着泪，不吭声。外婆叹了一口气："抱几个出去吧，这么多娃儿看压垮了你。"

母亲一下坐了起来，抹了抹泪说道："不！既然我生了他们，我就要把他们养大，绝不外抱。"她理了理头发下了床，眼里流露出坚毅的神情。

从此，童年我最企盼的是外婆的到来，外婆到来多多少少都要给我们带点吃的。

外婆给我们带了一块腊猪油，还有几斤连麸面。母亲将腊猪油细细末末切了，倒入连麸面与苕渣粉末中，再加金瓜丝、旱菜、蒜泥、食盐等，不停地搅拌，然后用洗净的嫩桐叶包裹起来，放入蒸笼用大火蒸。

半个小时后，蒸笼冒着缕缕白烟。微风一吹，整个院子弥漫着香味。那香味无法形容，闻得我们直流口水。

后来，两个姐姐见母亲实在辛苦，便自动辍了学，帮助母亲挣工分。我也渐渐长大了，初中毕业近十八岁，也回家务农。那时，我一有空闲时偷偷读《钢铁是怎样炼成的》，书中保尔·柯察金的形象深深打动了我。

第二年，村民兵连长来我队协助抓农田基本建设，我便缠着民兵连长不放，嚷着要参军。这时队长走了过来，对民兵连长讲："他家四弟兄，又死了爹，怪可怜的。让他去吧，不然这家人就完了，全当'光杆司令'（娶不到老婆的男人）了。"我顿时觉得队长不坏，关键时候替我说话。

村民兵连长点了点头，对我讲："今年是铁道兵，挺辛苦的，看你去不去？"我挥了挥胳膊："不怕！"

到了部队，累活脏活我抢着干。星期天，我还义务为战友们理发补鞋，被连队评为学雷锋标兵。我将每月七元的津贴寄回家，不让弟妹辍学。

第二年，部队领导见我有文化、肯干，提我为班长，后来又保送进了军校。一年春节，我回到了阔别五年的故乡。母亲一见，紧紧握住我的手，反复瞧着。我望着满头白发的母亲，喊了一声"娘"。

母亲抑制不住淌下了泪，说："娃，你想吃啥？娘给你做！"弟妹一听，都高兴了起来。我望着徒有四壁的家，苦涩而言："就吃苕渣坨坨吧！"

"吃苕渣坨坨？娃你咽得下？"

"咽得下，苕渣坨坨是记忆，能使我不忘本！"

"好好好……"

不一会儿，娘给我端了一盘热气腾腾的苕渣汤圆，上面还撒了一把葱花。我挑起一口咬了下去，糯糯的，甜甜的，非常可口，便问："娘，这苕渣汤圆咋这么好吃？

母亲笑眯眯答道："我在苕渣中加有灰面、苕粉、糖精。"我又吃了两个，便放下筷子。母亲一瞧，忙问："娃，不好吃？"

我摇了摇头说："好吃，我要留给爹吃，他老人家生前最爱吃这个……"母亲一听，便抽泣起来。

下午，在母亲的陪同下，我来到父亲坟前，一下跪在地上，泪如雨下："爹，儿来看你了，这是您老生前爱吃的苕渣汤圆……"

……我正流着泪，旁边的女同学拐了拐胳膊，低声问道："你咋了？啷个流起泪来？"我回过神来，尴尬地笑了笑。望着满桌吃不完的酒菜，叹道："暴殄天物，是犯罪啊！"

同学们一听，纷纷言道："是啊，农民生产一粒粮食是多么辛苦，要付出更大的辛劳。"

"国家提倡节约是对的。"

"今后我们聚会吃好多就点好多，绝不搞排场。"

……

我说："当年我们吃苕渣坨坨，生活是多么艰苦。今天我们不能浪费啊，打包！"同学们一听，便纷纷拿来食品袋。

胎记花开

"苕国"溯源

吉怀康

至今大多数学者都认为红苕原产于美洲，于明代传入我国，最初被归入"薯蓣之类"。红苕作为高产、稳产的粮食作物，在明末就很可能传入四川境内，而在清代获得更大的传播力度、更广泛的传播空间，也有了更广大的种植面积。传入途径分云南和东南两条线路，而以云南为主途径。

红苕的栽培，促进了四川土地的开发利用，提高了粮食生产水平，引起了种植结构和饮食结构的变化，增强了民间救荒能力，丰富了农业文化，推动了畜牧业发展，增加了商品粮供给（那时巴蜀境内的农民，"多种薯以为食，省谷出粜"。就是说，自家多种红苕食用，而把稻谷省下来去卖钱），防止了水土流失。这是四川农业文明发展史上浓墨重彩的一笔。

西充位于四川中偏北部，地处嘉陵江、涪江的脊骨地带。米仓山南麓余脉从南部深入西充县，构成低山支脉和连岗丘陵成掌状展开，境内沟谷纵横，丘陵密布，山峦波状起伏，呈浅丘陵地貌。全县平均海拔361.2米，土壤多为紫色土，中性或中性偏碱；土层深厚，有机质含量高，富含磷、钾等矿物养分，质地适中，有较好的透水性、透气性，天然无污染。土壤环境和肥力都适合红苕的生长。

西充位于典型的亚热带湿润季风气候区。冬季因北有秦巴山脉阻滞冷空气南下而较温暖。夏季气候炎热，多偏南风，降水集中。年平均气温17.5℃，无霜期308天，年均降水量980毫米，年均日照1445小时。特殊的地理位置使西充呈现四季分明——冬暖、春旱、夏热、秋雨，由此形成水热同季、旱雨分明、日照时间长、秋季昼夜温差大等特点。从而，又为喜温、喜光、适应性强的红苕的生长提供了优越的生长环境。

红苕何时传入西充，已很难查考。康熙年间的《西充县志》尚无关于红苕的任何记载，直到光绪二年（1876）的《西充县志》，在其"物产"条中始有提及："其贫家最赖则红苕。（《南方草木状》：红苕，盖薯蓣之类，或曰芋之类。《异物志》：'其根似芋，以二月种，十月收之。'《荒年杂咏》：'有制以乱山药者，饥年，人掘取作饣音。'《田居蚕室录》：'俗呼韶，盖薯声之转。'有红白种，煮以当粮，亦可和米煮饭。"

而稍早于这个专条记载的，是1909年付梓的《思成堂集》，作者刘鸿典，眉州龙安堡人，同治元年（1862）始任顺庆府西充县训导。在其六年任期内，对西充风土民俗，多有记咏。其竹枝词十首，令人印象深刻。如：

> 喜逢嘉客火锅烧，也识鸡豚味最饶。
> 借问平时糊口计，可怜顿顿是红苕！
>
> 纤纤素手不缝裳，刈草山头镇日忙。
> 莫笑蓬头兼跣足，其中亦有秀才娘！

差不多与刘鸿典任期一致的清同治年间的西充邑令高培毂曾大发感慨："嗟夫！民之疾苦，固未有甚于充者也……西充瘠而狭，环百里无膏腴壤。民间恃甘薯（即红苕）为饔飧，然犹男女终岁胼胝，仅乃得饱。"

从以上资料不难看出，一是西充红苕的引入时间应该大大早于这些资料出现的时间。这些资料所记载的情况已经是红苕在西充大面积种植，并成为重要的农作物之后。二是历史上的西充，确实以地瘠民贫闻名遐迩。在川东北地区广为流传的"最苦寒，西（充）南（部）盐（亭）"的民谚，也是其有力的证据。三是红苕一经传入西充，就不仅得到大面积的种植，而且成为西充人民的主要食粮，曾挽救过很多人的生命。有资料记载，宣统二年（1910），西充红苕种植面积已达到了11.3万亩，占全年粮食作物种植面积的33.36%；到民国三十四年（1945），更高达29.2万亩；1956年达到最高峰值的31.9万亩。所以，直至中华人民共和国解放多年后，以下俗语民谚仍在西充广泛流传：

要吃饭，苕窖看。

早上熬，中午蒸，晚上改个刀。

清早蒸红苕，晌午红苕熬，晚上不蒸也不熬，苕叶稀饭红苕砍一瓢。

火当衣裳，红苕酸菜半年粮。

西充人要记到：读书、看猪、栽红苕。

要想娃儿不挨饿，多栽红苕不会错。

四是西充红苕的总产量也许不是最多、最高，俗语有"西充红苕是个名，南充红苕胀死人"的说法，但是红苕在西充人民的生产、生活、经济等方面都占据着非常重要的地位，甚至对西充的乡土文化、民风民俗、族群性格的形成都产生过重要的影响，形成了西充独特的个性鲜明的苕文化。红苕不仅是西充人民生产劳动的对象、生活的依赖，同时也必然成为西充人民审美的对象，所以在不知不觉中，红苕与西充人的性格就有了某些契合点、某种契合度。

红苕有着非常顽强的生命力和适应力；它憨厚、朴实、坚毅、低调、不喜张扬；它有很强的抗击自然灾害、抵御病虫害的能力；它一身是宝，然而它只知默默奉献，不求回报……这些品质都早已内化为西充人稳定的心理结构。作为明末清初的西充移民，他们也像被移植到西充这

块贫瘠土地上的红苕一样，他们必须坚强、必须坚韧，而
且要活得有尊严，活得有面子！

> 无志山头压，有志人搬山。
> 穷不离书，富不丢猪。
> 西充的房子，射洪的田。
> 饿死不当讨口子！
> 三天不吃饭，装个卖米汉！
> 男儿无性，钝铁无钢；女儿无性，烂草无穰。

这些流布甚广的西充民谚俚语，就是西充人民在艰难
困苦的环境中磨砺出来的勤劳、坚强、好学上进、有骨气
等性格的写照。红苕也影响着西充的方言，西充至今还完
整地保留着古入声，产生了许多与红苕相关的语汇。

然而，红苕是粗粮，在许多地方主要是作为饲料用
的。美国学者珀金斯早就指出："吃薯类是一桩不得已的
事情，只有在饥荒中才肯吃。"而历史上在不少外地人的
眼中，西充人生存状况艰困、寒酸，常年以红苕为主食，
西充人穿着打扮土气，西充话土俗，方音重，同时也就
产生出一些带着贬义色彩的词汇、短语。如：苕、苕眉苕
眼、苕话、苕腔苕调、苕倌、苕女、苕国等。

"苕国"一词，最早出现于何时、何书，同样也无
从查考。据笔者判断，它们应出现在大致相同的时间段
上。由于红苕连同所谓的"苕""苕话"等等已成为西充

及西充人的标签、最具代表性的特征，所以"苕倌""苕女""苕国"等带着特指对象的词汇也就产生出来了。而且，"苕国"与"苕倌"还有着密不可分的关系。首先，它们都发儿化音，读音差不多相同，"苕国儿"可以听为"苕倌儿"，"苕倌儿"可以听作"苕国儿"。其次，"苕倌"是外地人对西充男性的戏称，男人走南闯北，他们就是西充的代表，于是"苕倌"或是"苕国"就被传到了四面八方。久而久之，约定俗成，西充就成了人们心中的"苕国"。

据笔者推测，"苕倌""苕国"一类的词汇应在清末民初就已出现在民间口语之中。如西充的歇后语："吃红苕讲圣喻——开黄腔！"民谚："苕国苕国，一年吃苕十个月。"中华人民共和国成立前，西充人到外地谋生，胆敢发表让对方不中意的言论，就会遭到训斥："你红苕屎屙干净没有？就敢乱开黄腔！"这些语境都应在20世纪之初就已出现。

历史早翻开新的一页，扬眉吐气的西充人早已有了足够的底气、自信，不仅不会再以"苕倌""苕国"为耻，而且引以为荣！西充人曾经的所谓"苕"、所谓"土"，不仅不再会遭到讥讽嘲笑，甚而获得外地文人墨客广泛的赞誉！譬如南充文化界知名人士杨茂生先生就曾在《一个县的文化印迹》中大赞："勤劳质朴又乐观诙谐，粗犷豪放又细腻坚韧，心直外向又聪慧内敛，刚直忠勇又敦厚重礼，肝胆忠烈又古道柔肠，就是'苕国'人的文化写照。"萧红涛也说，西充被称为"苕国"，原因有二："一是说的西充乡乡镇镇、村村社社种的都是味道上佳的红苕，且年年丰收。可谓无土不苕，无田不苕。红苕成了这里的主要粮食作物之一。一是说的西充有个方言岛，这里的老百姓方言味很浓。有的字词音，通过当地人说出，其读音听来有异。故此，又被人们叫作'苕腔'。有了这两种说法，自然人们便把'苕国'之名传扬开去。也因为此，人们一提到'苕国,也就联想到了西充。这只有亲切性和人情味，别无褒贬之意'。"

附记：学术界争论至今，大多数学者都认为红苕原产于美洲，于明代传入我国。关于红苕引入我国的最早记录是明嘉靖四十一年（1562）的《大理府志》。综合多方面资料，红苕传入我国应在明神宗万历年间。最早的路线应是从云南传入，但我国幅员辽阔，传播路线并不单一，而是多次、多渠道传入中国的。

迄今所见文献表明，在全国范围内，四川出现红苕，仅晚于明代云南、江苏、浙江、广东、福建和台湾各省。在中国中西部只晚于云南（1563），而早于湖北（1740）、湖南（1746）、陕西（1749）、贵州（1752）、甘肃（乾隆以前未见关于红苕的记载）。由于大规模移民的关系，四川红苕的早期来源，极可能通过多条路径而且具有重叠交叉性，首先应是云南一路，其次才是东南一路。

清代，红苕在四川传播很快，动因是多方面的。首先是四川气候适宜，地处亚热带，光热充足，雨量适中，土地肥沃。尤其是盆地的丘陵多为紫色砂页岩风化土，其通透性好，肥力较高，养分丰富，为红苕的生长提供了优越的条件。从交通方面讲，四川盆地便利的水路与陆地上的官道和无数乡间小路相连，为红苕等外来作物的传播提供了必要的交通条件。明末清初，四川长期遭受酷烈的兵燹蹂躏，加上瘟疫等自然灾害，人口锐减，由此引发大规模的移民潮。人口的高速增长，势必对粮食产量提出更高的要求，从而加速高产、稳产的红苕的传播及栽培，以满足迫在眉睫的、最为强烈的食物需求和生存需要。移民们在新开垦的土地上努力生产，他们慢慢习惯于将红苕、胡豆、油菜等作物轮作。这种利用土地的方法，在清代后期差不多形成一种固定的模式。

红苕是著名的高产作物，湖广有民谚说："番薯熟，民果腹；番薯稀，民受饥。"但在红苕成为普通的农作物后，在一些地区，也曾被一些人视为"贱品"。美国学者珀金斯就指出："吃薯类是一桩不得已的事情，只有在饥荒中才肯吃。"

红苕与西充人的饮食习俗

吉怀康

　　成书于康熙六十一年（1722）的《西充县志》尚没有
出现红苕的信息，只是在"物产志·瓜类"中出现了"地
瓜"一词，是与冬瓜、南瓜作为同一类植物看待的。

　　虽然红苕在山东和东北等地也被叫作地瓜，但在西充
人眼中，地瓜与红苕是完全不同的两种农作物。地瓜白色
圆形，有的像圆锥形，皮为浅棕色，瓤为白色。皮很薄，
撕开皮就可以当水果一样生吃，多汁、味醇、解渴；也可
做菜，但极少作为主粮食使用。所以可以肯定地说，康
熙朝县志所说的地瓜，不是红苕。而光绪朝县志"物产"
则第一次提到"甘薯"，并明确指出："其贫家最赖则
甘薯。南方草木状甘薯，盖薯蓣之类，或曰芋类。《异物
志》：其根似芋，以二月种，十月收之。《荒年杂咏》：
'有制以乱山药者，饥年人掘取作饙。'《田居蚕室
录》：'俗呼韶，盖薯声之转。'有红白种，煮以当粮，

亦可和米作饭。"这里的"甘薯"就是实实在在的红苕了。而且，"苕"在最初曾被写作"韶"。至少还在光绪之前，红苕就已经在西充大面积种植了，而且成为穷苦人家赖以生存的主要粮食作物。因此，红苕在西充人的饮食习俗中占有特殊的地位。

一、西充人食用红苕的特点

1. 食用红苕的历史悠久，一年中食用时间长而集中。由于红苕耐旱耐贫瘠，所以自引入西充便很快成为主要的粮食作物。至少早于清光绪年间就已成为西充"贫家最赖"的主粮主食。

清同治十二年（1873），来西充出任知县的高培縠在其所写的《养济院碑记》中特别提到："西充瘠而狭，环百里无膏腴壤。民间恃甘薯为饔飧，然犹男女终岁胼胝，仅乃得饱。"所以贫家小户根本没有余粮、存粮，基本上都是地里那一季出什么吃什么，一季赶不上一季。八九月份红苕出来了，上顿下顿、日复一日，都是以红苕为主食。保管得好，一直要吃到第二年"秧红苕"时为止。食用时间长而集中，年年如此，周而复始，所以，红苕又同蔬菜一样，成为历史上西充人的"半年粮"。

2. 作为主食的红苕，西充人的烹饪和食用方法听上去不少，五花八门，其实非常单调、简单，不外乎就是蒸红苕、熬红苕、煮红苕稀饭等几种及其变种。另外少数时候也可见到红苕干饭、苕凉粉等。

（1）红苕稀饭：只加红苕熬的稀饭，这叫"精米红苕稀饭"，比较少见。"精"是方言词，"纯""单一"的意思。其实不管什么样的人家，以前一般都是要掺入苕叶或酸菜的。掺了苕叶的叫"苕叶儿稀饭"。因苕叶形似鸭脚板，所以幽默的西充人便戏称苕叶儿稀饭为"鸭脚板儿稀饭"。苕叶儿稀饭因火力差、加盖、煮的时间过长等因素，常带墨绿色、黑色，有"猪食味"。加酸菜的叫酸菜红苕稀饭，在没有鲜苕叶的时日里，酸菜红苕稀饭便是主打食品。

（2）蒸红苕：红苕经饿，所以中午吃蒸红苕的多。分几种方式：一是纯粹的蒸红苕，用泡咸菜下，甚至连泡咸菜也没有，只喝白开水下。二是"打菜汤"下，这样有干有稀，好吃一些，肠胃也好受一些。菜则以酸菜为主，牛皮菜等新鲜蔬菜为辅。放的油盐很少，一般煎一个腊油渣，先将菜炒一炒，然后加水煮熟即可。三是蒸红苕下红白萝卜片蘸海椒酱：蒸红苕的时候，将萝卜片蒸在面上。吃蒸红苕的时候，就用萝卜片蘸海椒酱下。它的好处是可"淡口"、防"哽"、防"顶心"。红苕吃多了容易冒酸、"烧心"，所以不少人家都喜欢在蒸红苕的时候，同时蒸上红白萝卜片，以萝卜片蘸辣椒酱来下红苕。

现代人生活富裕了，红苕也随着"咸鱼翻身"，成了城里人青睐的粗纤维食品、保健食品、有机食品。一些有档次的餐馆酒楼都经营有蒸红苕这道菜。

（3）熬红苕：就是将红苕切成片状或块状，放入水中煮食。为省粮和防"顶心"，熬红苕时也常要加入其他蔬菜。一种是加入红苕叶，这样熬出来的红苕汤总是呈墨绿色或黑色，味苦涩，且带"猪食味"。再一种是熬红苕酸菜，就是加入酸菜熬红苕。老百姓戏称其为"猪脚杆炖带皮"。带皮即是西充话中的海带。

（4）红苕干饭：用切成块的红苕垫底蒸的干饭，一般多是拿酸菜红苕一起垫底。能吃红苕干饭的机会不多，主要是请人帮工或来了客人时，才偶尔为之。

（5）熬红苕凉粉：苕凉粉分冷、热两种食用方式。一般用油煎的辣椒酱作主要相料，用来打尖的多，尤其是待客、农忙时雇工"打么台"时食用；作为正餐的机会不多。

3. 爱恨交织的红苕情结。

历史上的西充人从生至死都与红苕打着交道，种的是它，吃的是它，换点油盐钱靠的也是它；住的房间里或房后头有保存红苕的苕坑苕洞；房梁上挂着苕藤，柜里头装着干苕叶子。还在襁褓中的婴儿，母亲缺奶，就得靠烤红苕一口一口把他喂养大。红苕养育了西充人，它早已融入西充人的血脉之中，并成为铸造西充人性格的重要元素。西充人常说自己"是咪儿红苕养大的"，这里就包含着感恩红苕和不忘本的意思。很多西充人初到外地，总会思念家乡的红苕，忘不掉儿时烤红苕、红苕凉粉、红苕凉粉锅巴、红苕凉粉灌锅盔的香味。那种舌尖上的乡情浓得化都化不开。

然而，即便是山珍海味，顿顿吃下去，也会倒胃的。红苕虽然营养丰富，但是对于肠胃消化不良的人来说却是不宜食用的。红薯的糖分多，身体一时吸收不完，剩余部分停留在肠道里容易发酵，出现冒酸、"顶心"、打嗝等状况，深感腹部不适。中医就认为，湿阻脾胃、气滞食积的人应慎食红苕。然而西充人却不管身体状况如何、年龄多大多小，顿顿红苕当家，其腻歪的程度可想而知。有时甚至到了深恶痛绝、一见就呕的地步。

这种又爱又恨的矛盾心情成了西充人终生纠结不清的情结。有几首西充旧时流传的民歌民谣颇能说明这种微妙的感情。

　　　　肚儿饿，没得钱，
　　　　背起包袱上广元。
　　　　广元吃碗绿豆面，
　　　　还是回我西充县。
　　　　西充县吃块红苕糖，
　　　　还是回我罐子场（义兴场旧名）。
　　　　罐子场的红苕多，
　　　　吃好吃孬不挨饿！

　　　　苕国遍地都是宝，
　　　　旮旮角角栽满苕。

大的能掺饭，小的宰颗颗。

男女老少都不欺，烂苕皮皮烤酒喝！

4. 西充人由于长期食用红苕酸菜，特别是那种存放太久，能扯很长涎丝的酸菜，所以胃酸较多，常冒酸水。为了平衡胃里的酸碱度，西充人大都喜欢吃带碱性的食物，如碱水熬的凉粉、碱水打的米豆腐、碱面锅盔等。老百姓根据日常生活经验，在食用红苕的时候，总爱拿萝卜、牛耳菜等碱性蔬菜来做配搭，也是这个道理。

二、红苕制作的菜肴、小吃及其他附带的食用方法

1. 生吃：红苕可以生吃，权作水果，能解渴充饥。劳动返家，肚子饿了，等不及生火煮饭，就先啃几口生红苕填肚皮，是旧时很普遍的现象。

2. 烤红苕：以前烤红苕主要是煮饭的时候将红苕放在柴火灰里慢慢煨熟。老百姓喜欢选用甜软的烤红苕喂小孩、老人，甚至病人。有时劳动累了，肚子饿了，也可烤几个红苕打尖。

烤红苕现在在城市里很流行。泥糊的专用炉子，钢炭做燃料，主要用红心苕烘烤。几乎一年四季都有卖的，因为有人以此为职业。买者以青年女性和老人、孩子居多。几个女孩子边走边品尝烤红苕边说笑的情景，常成为街道上吸引眼球的一道风景。

3.红苕的其他食用方法

（1）煮红苕醪糟：由于缺乏糯米，或者主人对红苕醪糟有特殊的爱好，在煮醪糟时，就加入红苕一起蒸煮。红苕醪糟不宜久存，时间一长就会产生较浓的酒味，甚至会变酸。

（2）烫红苕醪糟：实际上就是将红苕熬熟之后，再加入一点醪糟食用。烫红苕醪糟主要是打尖用，作为正餐的不多。

（3）炕粉子面瘩儿：用苕粉烙面瘩。因加水调好的苕粉炕时易干，不易烙熟，所以一般都是烙较薄的大张软饼，然后切条水煮，再加佐料食用。

（4）叉红苕糍粑：西充田少地多，糯米产量又低，以前不少人家便只能在田的边角或水凼凼里种几窝糯谷。而西充人的中秋习俗又是吃糍粑，为解决糯米不足的难题，于是便将红苕加进去一并蒸熟了叉糍粑。这种糍粑就叫"红苕糍粑"。

（5）灌锅盔凉粉：在锅盔里面夹入冷凉粉或热凉粉食用。西充各个场镇卖锅盔灌凉粉的摊点不少。这也是乡下人赶场、待客、请帮工时打尖的常用快餐食品。也可在场镇里买锅盔回去，在自己家里熬凉粉、灌凉粉。

锅盔灌凉粉的好处不仅是方便快捷，而且有多种口感、香味、嚼劲叠加在一起，老少咸宜，使其为不少西充人所钟爱，成为脍炙人口的风味小吃。

（6）红苕鲊肉：一是困难时期所发明的一种红苕烹饪技术，主要用红苕加米粉、辣酱拌匀后蒸制而成，味道近乎真正的鲊肉。据说此工艺并未失传，现在还有人会做这种红苕鲊肉。二是用红苕垫底所蒸的鲊肉，一般人家都会制作，是一道味道不错的佳肴。

（7）苕面汤圆：用苕面搓的汤圆，有用油煎盐菜做馅的，有用炒熟的南瓜磨粉或黄豆粉拌盐做馅的。常带着苕面的苦味。

（8）苕面馍馍：用苕面煎的或蒸的馍，分有馅的和没馅的两种。馅也同苕面汤圆差不多，也多带苦味。

（9）苕麻圆：将熟苕捣蓉，搓成丸状，油炸而成。

（10）炒苕丝丝：一是将用熟苕晾晒的苕丝丝放在细沙中爆炒，冷却后作为零食或下酒的食物。这种苕丝丝也叫"苕糖果儿"。以前过春节，家家户户都要炒苕丝丝，大人小孩都可作为零食，碰上走访亲友，也常作为礼物相互赠送，乡情浓浓。从前人家都较穷，没有能力用盐或糖来炒。现在这种苕丝丝已由工业生产并出售了。自家炒苕丝丝，也改用白糖而非沙子了。二是将蒸熟的红苕切成细条状，加油炒食。多加油，加蒜苗煎炒，味道尤佳，常做下饭菜食用。三是直接将生红苕切成条状炒食。

（11）擀苕面：用苕面加入灰面，手工擀制成的面条。

（12）红苕粉丝烫火锅，甚至直接用红苕烫火锅，现在都很流行。还有就是制作"酸辣粉"，将粉丝烫熟后，加入红油海椒、酸醋等调味品，又酸又辣又麻，颇受青年人的喜欢。

三、红苕食物半成品的加工方法

1. **磨苕粉子**：将红苕洗净，加水用"擦子"（北方话叫"礤床儿"）擦成苕浆，再加水过滤去渣，沉淀出淀粉。为使淀粉白净，要反复用水"漂"，滗去带色的废水。为尽快将水去除干净，还要用"纱（读音为"啥"）帕"包上草木灰吸取水分，然后晾干收藏。这是一件很辛苦的劳作。以前红苕多，常常是没日没夜地干，腰疼，手疼，也易被擦伤。现在已多用机器打苕粉了。

无论干、湿的苕粉子，都可以制作粉丝、苕粉皮，熬凉粉、炕面瘩等。

2. **晒苕干、苕颗颗**：红苕不易保存，常霉烂。为解决这一困境，老百姓遂发明了晒苕干、苕颗颗等办法。将生红苕切成片状或颗粒状，晾干后收藏，既可直接掺饭，也可磨成苕面，进一步加工成苕面汤圆、苕面馍馍、苕面疙瘩、苕面包子等食物充饥。

3. **苕渣疙瘩**：这是特殊年代的特殊产物。困难时期，为解决粮食严重不足的问题，老百姓发明了一种晾晒苕渣的特别方式。将苕渣捏成大块大块的圆球状，然后搁置在通风干燥的屋梁、房檐等地方，任其自然干燥，并在干燥的过程中长出白色的、密密麻麻的菌丝。再将这种晾好的苕渣疙瘩磨成苕渣粉，留待进一步加工制作成各种食品。

4.晒苕丝丝：

（1）将生红苕切成丝状晾晒，同晒苕干、苕颗颗一样，主要是为了解决红苕易烂的迫切问题。

（2）用蒸熟的红苕切成条状晾晒。这有两方面的原因，一是吃剩的蒸红苕不能浪费掉，所以临时拿来晒成苕丝丝；二是为了过春节炒苕丝丝而特意晾晒。

四、红苕的时兴吃法

伴随着城市人口的不断增长，人们对饮食健康的关注度越来越高，红苕又重获城市居民的青睐。现在西充不少餐馆、饭店都开展了红苕食品的研发工作，他们除对传统的红苕小吃加工改良，使其更精致化、精细化而外，还开发出了一些适合现代人胃口、情趣爱好的红苕时尚小吃。

1.红苕凉粉：热凉粉、冷凉粉都有，而以热凉粉最受欢迎。热凉粉又叫稀凉粉，呈半流质状，以大瓷钵盛出，至少一人一小碗。红油、豆豉、豆瓣、酱油、葱姜蒜等为佐料；也有不用红油辣椒而用青海椒末清油做佐料的，一碗香喷喷的热凉粉就新鲜出炉了。吃起来就像喝稀饭一样，稀里哗啦，三刨两下就下肚了。

2.蒸红苕：只选口感好的小红苕，整块放入小蒸笼中蒸制，而不是传统的直接将红苕与铁锅接触蒸，所以既不可能产生焦煳味，也不会因为锅里水分过多，而使红苕松软、湿润。

3.苕干饭：不是传统的用红苕垫底蒸干饭，而是红苕全部去皮，也较少同时加酸菜；也不是在铁锅中直接蒸，而是将少量红苕切成很小的碎块，与饭米拌匀后装入蒸笼或小木桶中蒸制而成。主要是乘着喝酒、吃菜后的余兴而食用。

4.红苕稀饭：这种红苕稀饭里的红苕，也同苕干饭一样，只起一个调味和怀旧的作用。一是加的红苕很少，二是全切成小碎块，三是全部削皮，四是绝对不再加酸菜或苕叶。如顾客在主食后尚有余兴，那么以小盆上桌，小瓷碗自行取用。

5.锅盔灌凉粉：除了街头路边打锅盔的都卖有这种快餐外，现在一些餐馆也将其作为风味小吃列入菜单。但这种锅盔不是传统的大锅盔，而是特制的袖珍型小锅盔，用刀从顶端切开一道口子，将锅盔分成下半部相连而上半部裂开的两层，一般是在中间夹热凉粉食用；也有加条状冷凉粉或旋子凉粉的。店家早已将凉粉灌好，席上一人一个。现在也有将锅盔切成小块，与热凉粉在碗里搅拌再一起食用的。

6.苕饼：这也是近年来餐馆流行的一道小吃。将蒸熟的红苕捣成苕泥，加入少量精粉，按匀，做成饼，再油煎而成，一桌一盘。

7.红苕醪糟：将口感好、软甜的红心苕之类的红苕去皮，切成很小的颗粒状，煮熟后加入少量醪糟煮沸即成，以精致的小瓷碗盛了，调羹舀起食用。

8.红苕醪糟小汤圆：烹饪方法与红苕醪糟差不多，只不过在加入醪糟前，先加入少量小汤圆而已。这道小吃与红苕醪糟一样，特别爽口滋润，在吃油腻了的酒席上很受欢迎。

9.苕粉皮：西充以前没有粉皮这种食物，最早外地传来的粉皮，都是用大米磨浆制成的。这种粉皮色泽光洁，厚度较大。西充人借鉴了米粉皮的制作工艺，开发出了自己的红苕粉皮。红苕粉皮用苕粉制成，成宽片状，较薄，颜色较黑。西充街头有不少摊点夜里固定在一个地方卖，或者整天推着小车叫卖。客人需要时，将浸泡在水中的湿粉皮烫熟后，加入少许海带、绿豆芽，放盐、味精、酱油、醋、红油、葱花等搅拌均匀，盛入饭盒，或坐或站或走，随意食用，非常方便快捷。这也是很受西充人欢迎的一道小吃。

经历了历史上那场大饥荒后，很多这些地方的人看到红苕也还会倒胃口。一段时间，很多产粮地区的农村，多是将红苕用作家禽家畜的饲料。现在人们对红苕的价值有了全新的认识，红苕的用途被更广泛地开发，可以说，西充人食用红苕的习俗又迎来了一个新的时代。

红苕与西充人的性格构建

吉怀康

西充人的性格特质究竟该怎样归纳、提炼，才较为准确，这实在是一个很难的课题；而且可能长时间都难于达成共识。不同的人会从不同的方面、层面、角度提出不同的见解，很难有一个统一的、令大家都能接受的答案。所以一般情况下，都是下拦河网，尽可能多地提出一些观点、概念，如：忠勇、侠义、刚直、勤劳、温厚、善良、谦让、仁义、热情好客、扶危济困、古道热肠，等等。哪些才是我们西充大多数人所共同具有而又有别于其他族群、群体的性格心理和行为准则、方式呢？窃以为坚韧顽强、质朴忠厚、诚实守信，大致能够概括。

西充人的性格构建又是怎样同红苕扯上了关系呢？这是因为，红苕自引入西充之日起，就与西充人民的日常生活密切相关、相依，形成了特定的红苕文化，所以能互相给对方以影响。

红苕不仅是西充人民生产劳动的对象，生活的依赖，同时也必然成为西充人民审美的对象。西充人民长年累月、生生世世与红苕打交道，正像与文人雅士朝夕相伴的梅兰竹菊可以陶冶人的情操一样，红苕的优秀品质也必然会给西充人以启迪、以影响，这是再自然不过的事。所谓近山识鸟音，近水识鱼性；近朱者赤，近墨者黑是也。同时，西充人民在种植、培育红苕的过程中，也必然会按照自己的愿望和要求，去尽量改良、改进红苕的某些特性，使红苕也打上了人类性格的某些烙印，如红苕的抗病虫害能力、无雨栽苕等。西充民间对养狗有一个说法：在哪家，像哪家。之所以会如此，其实都是同一个道理。所以在不知不觉之中，红苕与西充人的性格就有了不为我们所注意的某些契合点、某种契合度。

红苕的优秀品质

作为一种自然之物，红苕自身本无所谓优劣好坏，但它一旦进入人类审美的视野，就成为人类心理的反射了。在我泱泱中华，人类社会曾经历了从狩猎生活到农耕生活的转变。与之相伴随，人类对自然美的欣赏，也经历了从对动物的审美到对植物的审美，再到对山川景物的审美的发展过程。人们的审美意识也由"比德"观念转变为"畅神"观念。

所谓"比德"，就是以自然事物的某些特性，来比附人的德行、情操，使自然物的属性人格化，人的品性客体化。也就是随着人类实践活动的深化和人类思维能力的发展，人们把精神生活、道德观念的善恶同自然物的美丑联系在一起来加以评判，使自然物成了人和人类生活的象征。借用修辞学的术语来说，就是人类借用了事物的比喻意义或象征意义，来与自身的性格、情操、禀赋等相媲美。

孔子最早提出"比德"说，他也是这种审美观念的代表性人物。《论语·雍也》说："智者乐山，仁者乐水。"这就是以流水来比喻明智的人，以大山比喻仁义的人。《论语·子罕》则赞美"岁寒然后知松柏之后凋也"。由于人们经常以某一事物比喻人的某一德行，于是形成一种审美的积淀，使这些自然物附上了传统的隐喻意义，比如以松柏比喻坚贞，以兰竹喻清高，从古代一直影响到现在。以前，有人把西充人称为"莟倌"，在当时虽含贬义，其实也是一种比德的表现，就是把"土""本分"的西充人比作了质朴无华的红莟。

较"比德"说更进一步的是所谓"畅神"说。"畅神"的观点兴起于魏晋南北朝时期，它是强调人对自然美的欣赏可以不带任何功利的目的，而只重在欣赏者的情感得到激荡，得到满足，精神为之愉悦舒畅。"畅神"说的观点说明自然美作为人类的生活环境或生存条件，已成为人的现实生活的要素，体现了人的本质力量。它启发人们自觉去领略大自然本身的美，从中激发诗情画意，获得充实的审美享受。比如我们任何时候看到铺天盖地、绿意

盎然的大片苕地，都会由衷地感到喜悦、高兴，就是这种
"畅神"审美心理在起着作用。但是如果细究起来，长势
良好的红苕所引发的愉悦，本质上含有对丰收在望的预期
与快乐，是与看到茂盛的野草闲花所引发的单纯的快乐不
尽相同的。

再回到红苕的话题。

红苕有着非常顽强的适应能力和生命力。它被从中
美洲辗转移植到菲律宾，再到中国；到福建，到四川，落
户西充。它像柳树一样，很具"平民性"，没有丁点"骄
娇二气"；不管把它安插在哪里，它都能落地生根，散枝
发叶，传宗接代；不管是坡地、沙地，田边地角、房前
屋后，刨行或堆土，只要有一层薄薄的土壤，它就知足识
趣了，从不对生境提过高的要求；红苕命贱，对创伤有着
惊人的自愈能力；苕藤被剪断成三四寸长的小节，埋进土
里，即便被任意扔掉的一截苕藤，它也可以不择地而生；
它耐干旱，耐贫瘠，越是肥田沃土反倒越不适合于它的生
长发育。

红苕非常憨厚、朴实、低调，从不张扬。它头扎在
地下，人们从不知道它在那黑暗的王国里经历了怎样的艰
难曲折，做过多少不屈不挠的奋斗，默默承受着各种来自
外界给予的刺激，却从不把自己的遭遇、喜怒哀乐挂在嘴
上；长于地表的藤和叶，也没有艳丽的色彩，没有或高
大或妩媚的外形；它只知感恩阳光雨露，珍惜天地大爱，
总是精神抖擞，昂扬奋发，相互支撑陪伴，给大地披上绿

装，给原野染上生命的色彩，给人以愉悦，以振奋。

红苕有很强的抗击自然灾害、抵御病虫害的能力。栽种红苕，基本上不需要人民付出多少田间管理、除草施肥之类的辛劳。炎热的季节，愈是烈日阵雨的天气，愈是风雨雷暴的袭击，它长得愈欢，产量愈高，糖分愈高，淀粉愈多。

红苕一身是宝，任人取用，乐于奉献。不管是鲜苕藤还是干苕藤，都是很好的饲料。苕尖、嫩苕叶是时鲜可口的蔬菜。苕蒂可沤肥，可晒干做燃料。即便是削下来的苕皮也可作饲料、燃料、肥料之用——其实，红苕的所有废弃物都可制作沼气、肥料。可以说，红苕全身没有一样东西是毫无用处的废物。红苕的块根更不消说，它富含丰富的营养，是西充人的主食之一。灾荒年月，它不知曾挽救过多少人的性命。

红苕还有很高的医药保健价值，是被公认的绿色食品、健康食品、减肥食品、抗癌食品，荣获"太空食品""第一保健食品""第一抗癌食品"等多种殊誉。红苕的烹饪方法也很简单，它有很强的"可塑性"。生吃、熟食，蒸、熬、炖、炒、烤，磨成粉、制成干，作粮食、作蔬菜，样样都行。它不为帝王珍馐，却也上得厅堂，丰富了老百姓的食谱。

红苕真的做到了一生奉献，奉献一身！但是，红苕的身价很低，不值钱。由于石头瓦块的挤压，或是牛屎虫的叮咬，红苕有时还面目丑陋，疤痕累累，其貌不扬。然而它的沉默、坚韧，不求索取，只知奉献，都像极了我们的父辈。西充人的性格就这样与红苕的品质互为表里，相得益彰！

红苕造就的西充人的饮食文化

由于红苕是西充人的主粮之一，因此，红苕还造就了西充人的饮食习俗、饮食文化，从而也塑造着西充人的性格。

从前，在不少外地人眼中，红苕是粗粮，主要作为饲料使用的。而西充人的生存状态极其艰困、寒酸，红苕就是当家饭菜，所以外地人常常瞧不起西充人。西充男人被称为"苕倌"，女人被称为"苕女"，西充话被称为"苕话"，西充人说话的腔调被称为"苕腔"。西充人一开口，或许就会有人责难你："红苕屎屙干净了没有？！"意思是说，你还没有说话的资格，你或许一开口就会"开黄腔"，说些让人笑掉大牙的"土话"。

光绪年间来西充作县令的高培毅，曾随他父亲到过许多地方，他后来自己也多处为官，见闻甚丰。他来西充后大发感叹：各地老百姓的疾苦，没有比西充更严重的了。其他地方的人，虽然也有穷有富，但富的都累资数千至十数万，吃不起饭的不过十分之一二，而西充土地贫瘠，无盐铁竹木之利，民间仅靠红苕、蔬菜为生。男男女女一年忙到头，手脚磨起老茧，也未必能填饱肚子。偶见有两三年存粮的人家，大家就认为是巨室富户了。

著名作家、西充老乡李一清曾深有感触地说过一句话："西充人生活得有些悲壮。"诚哉斯言！作为明末清初"江西填湖广""湖广填四川"的移民，西充人的经历和艰辛不亚于历史上的山东人闯关东、山西人走西口，老槐树下成弃儿。他们也像被千里万里辗转移植于这块贫瘠土地上的红苕一样，没有风调雨顺的生存环境，没有富足优裕的生活条件，他们必须坚强、必须韧性，在人前不卑不亢，活得有尊严有面子！"西充的房子，射洪的田。""饿死不当讨口子！""男儿无性，钝铁无钢；女儿无性，烂草无穰。""三天不吃饭，装个卖米汉。"这些流布甚广的西充民谚俗语，就是西充人在艰难困苦的环境下磨砺出来的傲岸性格的真实写照。

为了改善这样的生活状态，西充人非常重视教育，读书刻苦，出将入相，为官清廉，人才辈出，闻名遐迩。乡前贤赵心抃在《醵金重树雁塔引》中曾骄傲地宣称："吾邑夙称簪缨胜区，历代之宣猷黄阁，草制鸾掖，珥貂拖紫，服豸佩鱼，坐尚书省，理天下事，以至作屏藩，拥朱幡，乘五马，分符花县者，指不胜屈！"眉州人刘鸿典写于清同治年间的一首刻画西充人民风乡情的《竹枝词》，也对此作了很形象的说明：

纤纤素手不缝裳，刘草山头镇日忙。
莫笑蓬头兼跣足，其中也有秀才娘！

历史上，西充出了多少秀才、举人、进士，为国家输送了多少治理人才；多少秀才娘子、官员夫人还是这般寒酸装束，这般勤劳，这般吃得苦，干得蛮？！近现代伟大的民主革命家、教育家张澜先生当上了四川省省长，夫人也同样下地干活。

燕赵多慷慨悲歌之士，西充多古道热肠之民、忠厚淳朴之家。由于自身的处境，西充人生性善良，非常富于同情心、怜悯心。遇到讨口叫化的，一碗半碗酸菜红苕稀饭，一块两块蒸红苕、生红苕总是会慨然相送的。即便是一些后来成了富家子弟的人，也还保留着一份原始的善心。罗一龙是四川保路运动急先锋罗纶的弟弟，他不仅常给乞讨之人一些饭吃，送些衣穿，有时还和叫花子一起玩耍。更难能可贵的是，他能认识到讨口叫化之人同样也是父母所生，父母所养，他们不应受到歧视。西充人的待客之道，尤能彰显西充人的热情忠厚。西充人常说："在家不会待宾客，出门方知少主人。"无力为客人端出一碗像样的饭菜，而用酸菜红苕垫底的干饭，面上那一层薄薄的白米干饭，总是留给客人享用的，自家人却只能吃点酸菜红苕，喝点米汤填充肚子。刘鸿典也曾大为感动，并为西充人留下了"省嘴待客"的典型事例。他的另一首赞美西充人的《竹枝词》饱含深情地写道：

喜逢嘉客火锅烧，也识鸡豚味最饶。

借问平时糊口计，可怜顿顿是红苕！

好个"也识""可怜"，道出了顿顿吃红苕为生的西充人多少美好优秀的品质！

世间有很多事情就是这样奇奇怪怪，不可思议，出生于西充这块苦寒之地的苕乡儿女，乡土情结反倒因了红苕而最深最浓。西充籍国家一级作家、诗人张承源感叹："故乡忆，最忆是红苕！"

70后西充籍女作家杜怡臻念念不忘"一方水土养一方人"，"我识红苕味最饶"！

红苕与西充人的方言文化

一个民族的语言蕴藏着这个民族的文化基因；一种方言，也一定富含着使用这一方言的族群的文化基因和性格特质。《南充文学》主编、作家杨茂生认为："西充人的乡音难改，从某种意义上讲也体现了人们对本土文化的眷恋和坚守，是一笔可供研究的历史财富。"

西充话最大的特点是还系统地保留着入声。在今天的普通话语音音系的演变过程中，中国北方在元代就已经"入派三声""平分阴阳"。即是说，在我国北方，古代的入声早已归入了古代"平上去"三声，而后来古代的平声又分为了阴平阳平。所以，对于西充人而言，实际上就是古代的入声在中国的大部分地方都早已经归入了现在的阴平、阳平、上声、去声四个调类了，而西充人还执着地守护着古老的入声，因此，西充人就比别人多出了一个调类。

很自然的现象是，相对于周边县、市、区而言，西充就成了一个"方言岛"。而实际上，就西充话的内部结构而言，它又是一个小小的方言群岛，可分为四个更小的方言岛。

以义兴镇为代表的北路方言有个显著特点，就是把普通话的"j、q、x"一组的声母读作了"z、c、s"；将单韵母"i"读作了舌面音，如"米、皮"之类，即便是西充其他地方的人要模仿这"米、皮"的发音，也是很难的。

南路方言可以祥龙话为代表。它的显著特点是只有前鼻韵母而无后鼻韵母，于是"讲"读"捡"，"光"读"官"，"床"读"船"，等等。

西北角的槐树方言可以罐垭乡为代表。其独特之处是将单元音韵母"ü"读成了"ü"与"u"的近似复元音的韵母，如"qu、yu、ju"，等等。

以晋城镇及其周边乡镇组成的城厢方言，其特点是不具上述三种小方言的任何一种特殊情况，而只是同全县其他所有方言区一样，将"hu"的字全部读作"fu"，这样一来，"呼、虎、户"与"夫、府、父"就没了区别；将"gou"的字全部读作"giu"，如"沟、狗、购"等，将"kou"的字全部读作"kiu"，如"抠、口、寇"等，将"hou"的字全部读作"xiu"，如"齁、猴、吼、厚"

等。另外，没有韵母"ie"，而将"ie"的字全部读作"i"，如"谢、姐、叶"等等。

一些在普通话口语中已经消亡，或者只作为书面上的文言词语，或者意义已经转移，或者只能作为词素使用的古语词，现在还鲜活在西充人的口中。比如："老丈儿""相公（读轻声）""女将""俭约""纲常"等。西充方言有着很强的移民色彩，陕西、江淮、湖广等异地的语音、词汇无不在西充方言中留下广纳百川的印记，如陕北的"蹩"、江淮的"一把联"等。而像"吃姑爷饭""吃官饭""墒底盖面""十四月（方音"yo"，入声）"等则表明了西充特有的礼仪、民俗。

如此一来，西充方言就难免被外地人认为是"异类""怪物"了。由于西充话很古老，是古汉语的活化石，很"土"；西充人质朴厚重，又操着这样很"土气"的方言，自然也很"土"；西充又盛产外地人多数作为饲料的红苕，红苕也很"土"。三"土"叠加，岂不是"土"上加"土"了吗？西充话和西充人常被人耻笑"苕腔、苕调、苕话""苕国、苕倌、苕女、苕屎"也就不足为奇了。也许，西充人的许多优秀品质，正是为了争一口恶气，为了在人前证明自己言语虽"土"，但人并不是土俗、蠢笨而培养、淬炼出来的！

西充方言的怪异之处，不妨再说几个段子：

　　　　抿（方音"min"，阴平）甜；苦不说苦，要说刮（方音"gua"，入声）苦；重不说重，要说邦重；轻不说轻，要说捞轻；酸不说酸，要说溜酸……

热闹要说成闹热（方音"ra"，入声）；哪里要说成哪个凼；地方要说成踏踏（方音"ta"读，入声）；莫关系要说成莫来头；询问怎么回事要说成啷块立。

西充人不仅创造了许多与红苕有关的词汇、词组、俗语，丰富了西充的方言文化，而且，由于长期、大量地食用红苕所造成的西充独有的饮食文化，又必然塑造着西充人特有的心理素质和性格特征。这主要表现在以下方面。

1. 机智幽默，乐观向上。

西充人形容一个人爱耍赖，不讲游戏规则，叫作"黄泥巴塑狗——肇（方音"sao"，去声）得连毛都莫得了"。

骂一个人太出格、太不像话，叫"乌梢蛇穿马褂——半截不像人"；或脑壳（方音"ka"，入声）上顶筲箕——啥（谐音"沙"，去声，方言本意为"过滤"的意思）东西！

中年男子自嘲说："胡子冲，脸打皱（方音"zong"，去声），要想吃稀饭还得自己弄。"

不满意对方的笑而讽刺挖苦对方说："你把你那牙巴子嘻起，又不怕绿苍蝇爬！"

西充人创造了许许多多诸如此类的歇后语、"粉（方音"fer"，实际是"讽"的儿化音）话"，或幽默风趣，或讽刺辛辣。

再比如说吧，明明生活很苦，"穿筋筋挂绺绺""衣无领，裤无裆，一日三餐光（方音'guang'去声）汤汤"，却要自我安慰说"小了（小时候）穿新新，大了（长大了）穿筋筋""吃得好，死得早；吃得孬（方音'pi'，去声），死不去（方音'qi'，去声）""多吃菜菜，长得像太太；多吃油油儿，长得像猴猴儿"。

越是好的朋友说话越是不忌口，乱喊乱叫才越亲热，感情才越好。把老朋友叫老背时的；见到要好的朋友却称：你个瓜娃子、傻儿、傻撮撮（方音"cuo"，入声）的、砍脑壳（方音"ka"，入声）的、闷灯儿、瘟丧、你个烂贼（方音"zui"，阳平声）等。

其实，幽默是一种生活态度，一种处世哲学。许多心理学的研究都表明，幽默提供了一条表达不被社会接受的感情、行为和冲动的通道，它能降低紧张情绪，使人思想乐观，心情愉悦，减少对自身的伤害，并成为人际关系的润滑剂。诚如李一清所说，论及饮食，红苕与酸菜稀饭，差不多要算是西充人的招牌食品。至于青黄不接时，多有人家用苕干、苕渣面甚而干苕叶充饥，人虽面带菜色，然精神不减。过新年，无钱缝新衣，西充人常将旧蓝布衫染成青色，混作新衣。如果人家挖苦西充人吃得不好，顿顿苕叶稀饭；拿穿旧了的青布衫染下色，又冒充新衣服穿，等等。对此，你是去同人家争辩，面红耳赤，结结巴巴，

还是回答说：我顿顿吃"鸭脚板稀饭"你还嫌孬（pi）
嗦？我穿的衣服叫"青出于蓝"好不好？哪个更不卑不
亢，举重若轻，化尴尬为自信呢？遭了冤枉，道声"和尚
打老婆——要有哇"！遇到祸事，不是愁眉不展，心急如
焚，而是用一句"玉皇大帝穿衩衩裤——出拐了"，一笑
而过，自嘲自乐。

幽默的语言可以说是西充人在较为恶劣的环境里保持
心态平和，自我保护，以求发展的一剂良方。

2. 忠厚诚朴，刚直不阿。诸如以下常挂在西充人嘴边
的短语：

要啷块就啷块（要怎样就怎样，奉陪到底）！

是啷块就啷块（该怎样就怎样）。

有哪样说哪样（只说实话，不说假话）。

大路不平旁人铲（方音"cuan"，上声）。

屙大屙小，各家碰到（不怨天尤人）。

让人三分不为软。

话说得好，牛肉都做得刀头。

愿给穷人一口，不给富人一斗。

抠抠掐掐（方音"jia"，入声），啥都莫得（方
音"da"，入声）。

瓜子不饱是人心。

前半夜思量自己，后半夜思量别人。

此类民谚俗语，都是西充人性格中刚烈、诚实、忠厚等成分的呈现。同时它又有规范西充人言行的良好作用。

3. 刻苦勤劳，自尊自强。

　　不怕人穷，只怕志短。

　　不怕穷，就怕懒。

　　懒婆娘看粪垯垯（只看见粪堆上长得好的那几窝）。

　　栽桑种桐，子孙不穷。

　　穷不丢书，富不丢猪。

　　哥有嫂有抵不到自己有。

　　先甜不叫甜，后苦才叫苦。

　　喜鹊子也要坝个窝。

　　麻雀有个窝，耗子有个洞，灶鸡子有个干裂缝。

　　再好吃都晓得留种子。

　　宁可穷而有志，不可富而失义。

这样一类谚语格言，无不表现了西充人的倔强坚韧，有志气、有骨气，不窝囊。实际上，"穷不丢书，富不丢猪"是江西婺源民谚的原版复制，说明两地人民有着某种尚不明朗的相关性。正是有了这样一些精神，人们才会称赞"西充的房子射洪的田"。每当灾荒年月，总会有邻近县乡的人到西充讨口，而西充人吃树皮、草根也要守住自己的尊严。

如果西充方言只负载了西充人性格机智风趣的一面，而无后面两点相支撑映衬，那就很容易流于轻薄油滑一途；而有了后面两条，它们相辅相成，相得益彰，西充方言所反映的西充人的性格也就较为完整和丰满了。

红苕与西充人的性格的契合

综上所述，靠山吃山靠水吃水，一方水土养一方人。西充人民在长期与红苕的摸爬滚打中，通过审美心理的建构、饮食文化的潜移默化、方言文化的熏陶滋养，日积月累，不知不觉之中，西充人的性格特点便与红苕有了某些契合点、某种相似度。

常璩在《华阳国志》指出："西充故蜀僻壤，土地硗狭，民鲜闭藏。或终岁力作，不能无荒年忧。故其俗勤苦而质木，势使然矣。顾往往向义，遇事能急人。好施与，或长吏倡之，无不应者，以此见民之易导也。"同时他还盛赞这方土地的人民："质直好义，土风敦厚，有先民之流。"

清康熙《西充县志》也评论说："西充山高水迅，故人多尚气节，重廉隅。"（"廉隅"本谓棱角，后用来比喻人品行端方，有志节。）

我们可以特别留意"故蜀僻壤，土地硗狭""山高水迅"这样一些地形地貌、水土气候对粮食作物的决定性作用。而粮食的优劣丰歉又决定着人们的生活质量，生活质

量的高低好坏又关乎着人的性格气质的养成。由此，红苕
自引进西充，人们自然将西充人的性格与红苕挂起钩来，
而从红苕身上，我们又确实能看出许多西充人性格的某些
影子，诸如坚韧顽强、淳朴实在、感恩奉献等。

难怪作为外乡人的杨茂生也止不住慨叹，西充人民
"勤劳质朴又乐观诙谐，粗犷豪放又细腻坚韧，心直外向
又聪慧内敛，刚直尚义又敦厚重礼，肝胆忠烈又古道热
肠，就是'苕国'的文化写照"。

张承源同样在其散文《红苕的回味》中感慨道：红
苕，是长长的苕藤下的根。绿色的苕叶，绿色的苕藤，牵
连着地下的根，成为远方游子对故乡永远不能释怀的一个
结，成为远方游子对故乡永远思恋的寄托。旅外的西充老
乡，见面时常感叹道："我们都是吃红苕长大的。"

其实，红苕早已被"平反昭雪"，"苕"再不是什
么贬义词、讽刺语了。我们完全可以自豪地说：那些走南
闯北的西充娃就是一张行走着的"苕国""苕倌""西充
人""西充红苕"的活广告。

一个县的文化印迹

杨茂生

参加工作，第一次出差就是随部长到西充搞农村调查。部长是个西充通，提到西充他总有说不完的话题，并且这些话题都与文化有关。

嘉陵江把最柔美的身段留给了南充，是公认的南充文化坐标。西充虽然与它有着千丝万缕的联系，但得到的惠泽却极少，因此西充的"苕国"现象和随之形成的"苕国"文化，也可能与之有关。

楚文化与巴蜀文化相互交融，加之根深蒂固的儒家思想熏陶，铸就了西充独特的文化背景和一个县的文化个性。勤劳质朴又乐观诙谐，粗犷豪放又细腻坚韧，心直外向又聪慧内敛，刚直尚义又敦厚重礼，肝胆忠烈又古道柔肠，就是"苕国"人的文化写照。

西充人有独特的生活习惯。春节期间，人们多用红苕熬糖，把炒好的苕丝、苞谷花、米花制成零食招待客人。西充人由于独特的地理环境，曾经的日子一直过得很清苦，红苕、酸菜成了他们的主粮，但他们的好客和他们招待客人的食谱却非常丰富。

西充有自己独特的语言表达。也就是西充人无论走到哪里，都会被人"听"出来，因为他们保留了许多古人声的语言元素。西充人的乡音难改，从某种意义上讲，也体现了人们对本土文化的眷恋和坚守，是一笔可供研究的历史财富。

西充人有自己的独特文化形式。皮影、木偶戏、评书说唱，走街串巷，民歌幽默风趣，唢呐凄清婉约，号子慷慨豪放。狮舞、龙舞、秧歌名目繁多，雕塑、彩绘、剪纸、川剧一枝独秀。这些苕国文化自成流派，是人们自娱自乐，追求从容淡定田园牧歌式的风土人情，在川北地区成为一道"孤岛"似的亮丽风景。

穷不丢书，富不离书，一人成才，全族光荣，是西充特有的教育传统。千百年来，人们常寄希望于读书识字跳"农门"，由士而仕来光宗耀祖，改换门庭。这种简单而朴素的崇教尚学、读书为要的思想激励着一代又一代西充人。他们以办学养士为荣，以教书育人为荣，以勤奋苦读为荣，成就了一大批可圈可点的政治家、教育家、文学家和军事家。

在西充众多的文化源流中，西充的忠义文化传承独树一帜。历史上的忠义将军纪信就是他们中的典型代表。

三十年前带着一种感觉和兴趣走进西充，三十年后这种感觉和兴趣已成长为一种对西充文化现象固有的概念，这就是西充人用自己的诚实和智慧创立了属于自己的个性移民文化。对于这种个性文化的保护和传承，一直以来都是笔者的一个愿望。

今天的西充，天是蓝的，山是清的，水是秀的，地是肥的，人是美的。西充人的清苦属于昨天，西充人的幸福和希望，就在今天和明天。

（本文有删节）

杨茂生：四川省作家协会会员，曾任《南充文学》主编。

西充话中与红苕有关的语汇

吉怀康

红苕传入西充的确切年代很难查考。康熙朝县志尚无记载，光绪朝县志"物产"始有提及。但不管怎样，红苕一经传入西充，就与西充人民的劳动生活息息相关，休戚与共，从而产生了不少与红苕有关的词汇、短语、俗话等。它们丰富了西充方言的词库，提高了西充方言的表达能力，有的还表现了西充人幽默风趣的性格特征，已成为西充地域文化的组成部分。

一、歇后语、俗语

吃红苕讲圣喻——开黄腔。

要吃饭，苕窖看。——大意是说，吃不吃得起饭，要看窖里有没有红苕。

早上熬，中午蒸，晚上改个刀。——大意是说，西充人一般都是早饭熬红苕，中午蒸红苕，晚上将中午剩下的红苕再稍作加工，如切成丝炒食等。

红苕嫩不嫩，八月初一尝一顿。——不管红苕有没有成熟，等粮下锅的农家从农历八月初一开始，就可以陆续挖新苕来吃了。

夏至栽苕，一窝一瓢。

干红苕，水芋头。

深挖芋子浅挖苕。

苕国红苕，一块一瓢！——夸红苕个大，一块就能切一瓢。

火当衣裳，红苕半年粮。

西充红苕是个名，南充红苕胀死人！——意思是说，西充被称为"苕国"，其实是背了个名，南充的红苕才是真正地多。

二、常带贬义或某种感情色彩的词汇、短语

苕——土气、俗气。比如，好苕啊、苕得很。

苕眉苕眼、苕头苕脑、苕里苕气——都是形容土气、俗气的词组。

苕倌——旧时对西充男人含有贬义的称呼。

苕国——历史上常作为外地人对西充的贱称，如加儿化，贬义更浓。你们是苕国儿来的哈！——随着红苕渐渐登上大雅之堂，西充声名鹊起，当代西充人则以"苕国"为荣。

苕腔苕调——西充方言很古老，一直保留着入声，与周边县市区皆不同，因此常被讥笑为"土"。而西充又产红苕，"苕"早已被赋予了"土"的意义，顺理成章，"苕腔苕调"就成了历史上外地人讥讽西充话的惯用语。

咪儿红苕——西充人对小红苕的称呼。也常作红苕的泛称、贱称。西充人常称自己是"吃咪儿红苕长大的"，就属这种情况。

逼倒削——红苕的一个品种，白色，块大皮厚，需用力才能削掉厚皮，故得名"逼倒削"。逼：西充方言，在此意为用力按、压。因此，"逼倒削"又常用于比喻意义：毫不手软地使人破费，拿出钱财等。人家手气不好，你们就硬是"逼倒削"嗦！

红苕屎屙干净了没有——有取笑、挖苦、责难等多重意义。略相当于问：有说话、做事的资格没有？你苕屎都没屙干净就跑到这儿逞能！

红配绿，苕得哭——意为衣服红绿搭配，非常俗气、土气。

三、表示红苕食品的语汇

猪脚杆炖带皮——熬酸菜红苕的戏称；曾经是西充人食用红苕的主要方式之一。带皮：西充人旧时称海带。

鸭脚板儿稀饭——苕叶稀饭的戏称，将苕叶比喻为鸭脚板。

红苕醪糟——1. 煮糯米醪糟时，加入红苕一起煮。2. 将红苕切成颗粒状，或小块状、片状，加清水煮熟，然后放入醪糟。这种食品也叫"烫红苕醪糟"。

苕丝丝——1. 将蒸熟的红苕切成条状，晒干后，放在细沙中爆炒，冷却后作为零食或下酒的食物。这种苕丝丝也叫"苕糖果儿"。2. 将蒸熟的红苕切成细条状，加油炒食。多加油，加蒜苗煎炒，味道尤佳。也有直接用生红苕丝炒食者。

红苕干饭——蒸干饭时，用切成块的红苕垫底。

酸菜红苕干饭：用酸菜与红苕垫底，面上铺少量的米蒸制的干饭。这是旧时西充人蒸制干饭的最常见的方式。

苕粉子面瘩——用苕粉烙的软饼、面瘩。

红苕鲊肉——1. 困难时期所发明的一种红苕烹饪技术，主要用红苕加米粉、辣酱拌匀后蒸制而成。2. 用红苕垫底所蒸的鲊肉。

红苕糍粑——将红苕与糯米一并蒸熟，放在一起叉的糍粑，就叫"红苕糍粑"。

苕面馍馍——用苕面蒸或煎的馍，一般用腊猪油炒盐菜做馅。

苕麻圆——一种红苕制品。将熟苕捣蓉，搓成丸状，油炸而成。

蒸红苕、炕红苕——蒸红苕、炕红苕既是烹饪红苕的方法也是红苕的食物名称。"炕"是方言同音假借字，略相当于"蒸"。

　　熬红苕——西充人食用红苕的主要方式之一。"熬"即煮，就是将红苕切成块状，放入白水中煮。多数时候还要加苕叶儿。

　　锅盔灌红苕凉粉——将锅盔剖个口子，再把用作料拌好的热凉粉或冷凉粉灌入其中，夹在一起吃。这既是一种很受欢迎的风味小吃，也是打尖的快餐食品。

　　红苕锅巴——蒸红苕干饭或蒸红苕时形成的锅巴，因其特殊的香味，颇受农家小孩的喜爱。

　　表示红苕食品的语汇还有——红苕凉粉、烤红苕、苕面汤圆、苕面疙瘩、苕面包子、苕麻糖、红苕酒（用鲜红苕烤制）、苕干酒（用苕干烤制）等。

四、经初加工后的红苕食物半制成品

　　苕渣疙瘩——成批磨制苕粉时，将剩下的苕渣捏成大块的圆球状，放在通风干燥的地方发酵晾干，磨成苕渣粉后加工食用。此种做法的苕渣就叫苕渣疙瘩。

　　苕颗颗——由生红苕切成颗粒状晒干而成。主要是为了解决红苕难于保存的问题，可用来掺饭或磨成苕面食用。

　　苕干——也叫"苕瘩瘩"。用生红苕片晾晒而成，也是红苕的主要保存方法之一。可用来掺饭或烤酒。

　　苕面——1. 用苕颗颗或苕干磨成的干苕粉。2. 用苕粉加灰面擀的面条。

表示红苕食物半成品的词语还有——苕粉子、红苕粉丝、红苕粉皮等。

五、与红苕相关联的其他词汇

老苕——已完全成熟，可以收获窖藏的红苕。

苕闯闯——淘洗红苕的用具。由一根木柄和下端一块长方形的木块固定在一起组成。使用时，用它去撞击泡在水中的红苕。

苕篼篼——与苕闯闯配套使用的一种淘红苕的工具。用篾条编成，圆桶状，中间有提梁。把红苕装在里面，浸泡于深水中，一手握提梁，一手用苕闯闯撞击去泥沙。

干苕叶——晒干后的苕叶，用作饲料。困难年代，也用作蔬菜。

苕渣——磨苕粉剩下的红苕残渣，可作饲料，可晒干后磨成苕渣粉，以制作其他食物。

苕粉水——磨苕粉时，沉淀苕粉所析出的水，可做饲料和肥料。浓度较大的粉水，老百姓也常拿来熬苕凉粉。

苕母子——培育在地里的种苕。也用来比喻小集团、帮派、政治势力的老大、后台。如：这下把"苕母子"都给他们掏出来了！

苕母地——专门用来培育种苕的土厚而肥的好地。

过路苕——1.种苕（苕母子）长出的小红苕，一般都较甜软，口感好。2.地面部位的苕藤长出的小红苕。

苕弄弄——苕藤长得很茂盛的地方。

苕蒂子——挖苕时割掉苕藤后留下的紧连红苕的那一小段。"蒂"，西充话发音同"笡"。

苕渠子——"苕塄子"之间形成的沟渠。有时还要在苕渠子里间种包谷或蔬菜。

胜利白、"逗倒削"、蓝瑞苕、红心苕，紫薯：前四种都是以前西充种植较多的红苕品种。紫薯为近年才引入的红苕新品种。

表示与红苕相关的名词还有——苕塄子、苕行子、苕洞、苕坑、脚板苕等。

六、与红苕相关的生产劳动

打苕洞——选择适合的地方掏挖用来贮藏红苕的地洞或岩穴。

秧红苕——将种苕埋进准备好的苕母地里，让其长苕藤，供栽苕用。

刨苕地——刨苕垄。这是劳动强度较大的农活，要根据地形、行距等决定苕垄的走向、长短、宽厚。

翻苕地——将散漫生长的苕藤归位并清除杂草的农活。现在这道工序多已舍弃。

捡红苕——大面积的红苕收获完后，小孩子们漫山遍岭去捡拾地里遗失的尚可食用或作饲料的红苕。在缺吃少穿的年月，城里的孩子也会跑到乡下捡红苕。

磨苕粉——这是磨制红苕淀粉的一件很辛苦的劳作。以前都是用"擦子"擦，现在已多用机器打苕粉了。湿苕粉晒干后才能收藏待用。

下窖——选择没有伤痕、适合保存的老苕藏入苕坑、苕洞里。为防潮湿，红苕病坏，以前农民常在红苕下面垫上谷草，面上也覆以谷草，并将面上已经湿润的谷草勤作翻晒。

其他还有割苕藤、剪苕藤、晒苕藤等。

苕乡薯韵

关于时尚与红苕的对望

杨泓雨

人流奔走在大街上
急火攻心的面相比广告牌招摇
时尚宫殿里虔诚的仰望，密集成林
关于养生养心养颜的演讲飞天一样燃烧
归顺于舌尖的时代
只剩下四处张望的眼，垂涎欲滴，蠢蠢欲动
忙活的人们
腰间别着命，苍白而豪华
在厚度与长度相间的生命密道上，从不曾消停
总是天亮时才发现
生命，被歪斜的脚步踩碎

从容如你
蜗居在尘土里，自由成长
山谷静悄悄，没有侵扰

那些以亲爱为名义的猥亵，饿狼的传说

只有阳光，雨露，朗月，清风

你委身的大地，宽厚仁慈

秋虫在吟哦，鸟雀开始跳跃

那个关于茗国的传说

号召起金银铜，氮磷钾，氢氧氦

老少妇幼，锅碗瓢盆，齐刷刷聚拢

土壤隆起脊梁，沟壑纵横

定根，分娩

泥土下泛起动听的声响

那是花开前的鼓乐与欢喜

此刻，你像一位待嫁的新娘

即将迎来一场

以你为主角的盛大花事

宾客们远道而来

以致敬为主题的乡间音乐

在西充的阡陌田畴袅娜

茗红瓜绿水清鱼白的说唱

伴和着炊烟与村妇不老的恋歌

村口老槐树挂满丰收的空飘

嚼着茗糖果的孩童在满地找牙

转山转水转亲娘，游子有最好的回程线路

乡愁，连着你

以看得见山望得见水的距离
漫过世人心尖，悸动，回响
不分时令
无问西东

乡居杂感（二十首选其一）

张　澜

谷田收欠菜无多，艰难度日日受磨。
御冬幸有甘薯好，又烂甘薯将如何。

（作于1937年）

川北灯戏《祭红苕》

吉怀康　摘引

1949年，西充人罗子卿创作了优秀灯戏剧本《祭红苕》后，该剧本被四川省川剧艺术研究院收藏。

剧中的"祭文"运用了大量西充方言土语，朴实诙谐，幽默风趣，以黑色幽默的形式，写出了栽种红苕全过程的艰辛忙碌，农民对丰收的渴望和对老天无情、苕苗被晒死的痛苦不堪，借古讽今，抨击时弊。其文曰：

维大清光绪元年，岁在丁丑四月三十日宜祭之日。呈祭农人王老撑、李倒藤，谨以香帛冥财，不典之仪致祭于新栽晒死红苕之灵前而哭曰：呜呼哀哉红苕死，痛哉红苕亡！提起你红苕，令人痛肚肠。川省土地薄，山多少半粮，才栽你红苕，半当救命王。肥地你不出，拿来种高粱。瘦地与坡坎，沟子刨成行。二月惊蛰后，农夫就发忙。急耕菜园地，泼粪将你秧。只望你肯长，藤藤长多长。或赶药王会，或是赶端阳。耳听雷公响，大雨降沱滂。把你割回来，剪一寸多长。或是喊大嫂，或是呼大娘。都来帮我栽，你栽我帮忙。娃娃来押起，一人栽一行。不论大与小，蓑衣披一床。男男与女女，都要湿衣裳。只要雨水应，不萎又不黄。几天芽芽发，这就有望场。迨至七八月，就把冰口张。人人翻红苕，一见喜洋洋。十月一开挖，只见疙瘩光。人人拍巴掌，便拿背篼装。生的也好吃，烧出吃更香。有的来蒸起，当饭下菜汤。唯有一顿吃，二顿硬邦邦。大的窖下洞，好把娃诓。小的宰颗颗，晒了几箩筐。择些白红苕，拿来熬麻糖。有的拿喂猪，催肥不用糠。红苕这样好，就该寿命长。如何一栽起，天就出太阳？叶叶干脆了，好打猪草糠。不见芽芽发，只见干桩桩。岂是你红苕，爱去见阎王！只怪老天爷，晴起众发慌。虽在心痛你，谁烧纸一张？算我两亲家，还来把情伤。米价又疯涨，穷人会遭殃。

赞红苕

张朝礼

无论梯台坡坎，不择肥瘦瘠薄，
只要有了及时雨，
你就可以在那里幸运生长，安家落户。
你不愿乔装打扮，不讨好豪门巨富；
只同情辛勤的劳动者，默默为他们服务。
你身着绿装，雅致朴素，花枝招展者不屑一顾。

农民对你百般爱护，精心催你萌芽，适时抢栽入土，
细心浇灌你，顶着烈日把草除。
你长出绿叶供人食用，
你的块根脆香甜，营养丰富。
无论蒸、熬、炖、煮，荤吃素吃都可口。
磨粉、制丝、酿酒、造糖，
还可提炼多种化工原料。
苕藤、苕蒂供牛吃，鲜苕、苕干喂肥猪。

养出肥猪千万头，农民走上致富路。

啊，红苕！解放前
你是西充人民的米缸缸，你的洁白
代表着西充人民忠厚纯朴的本性。解放后
你又为西充人民奔小康闯出新路。
你只为人民奉献，从不向人索取。
奢侈者把你鄙弃，节俭者将你爱护。
科学将你升华，文人给你赞誉。
你的气质，你的奉献精神，
必将青春永驻！青春永驻！

张朝礼：西充人，1950年参加工作。农业经济师，中国农业经济学会会员，西充县农业经济学会原副理事长兼秘书长。

红苕谣

张朝礼（吉怀康改写）

昔日西充县，苕是救命王。
二月惊蛰过，农夫大发忙。
耕翻菜园地，快把红苕秧。
只望苕藤长，藤藤牵得长。
瘦坡和瘦坎，拉厢刨成行。
苕行刨粗壮，苕沟理通畅。
施好包心肥，玉豆间两旁。
或是药王会，或是碰端阳，
只听雷公响，大雨来送粮。
有的喊大嫂，有的叫二娘。
你来帮我栽，你栽我帮忙。
苕藤割好后，剪上三寸长。
小儿来捡起，一人栽一行。
不怕风雨大，蓑衣披一床。
若是久无雨，抗旱强栽上。

栽了就勤管，杂草要除光。

中耕垒好土，丰收有希望。

到了七八月，只见冰口张。

到了八九月，挖苕背筻装。

大的窖下洞，小的磨粉浆。

全身都是宝，苕乡半年粮。

咪板凳，爱打牌（儿歌）

老 愚

咪板凳，爱打牌，打起半夜不回来。
鸡一叫，狗一咬，狗日的败家子回来了。
锅里煮的红苕饭，灶里烧着把把柴，
看你败家子咋下台？！

蝶恋花·忆红苕（新韵）

三巴浪子

喜盼清秋挖万陇，胖若婴童，窖满屋中横。偷个红苕埋灶孔，喷香哪管娘呼应。

脸嘴灰黑双脚蹦，圆肚之时，淡看葱花饼。滋味难言今最懂，苕国雅号堪吟咏。

苕乡情（组诗）

罗明周

一

西充历来称苕乡，叶薯能当半年粮。
先人代代勤培育，窖藏有备防饥荒。

二

少时除草大坪冈，年幼无知闹荒唐。
仰卧苕垅迷云幻，头枕藤叶入梦乡。

三

世卫食标唯健康，百般鉴认君最强。
深隐穷乡多少载，一朝红苕来称王。

四

黄皮红心品优良，营养丰富味甜香。
有机农业结硕果，赞歌一曲唱苕乡。

咏苕菜

李德峰

七月到来秋风凉，苕品苕菜大改良。
众志成城共创业，传统有机苕国香。

苕 颂

谱 今

昔年初步江湖，人戏苕枪（腔）鸣。今红苕已被世界卫生组织列为最佳蔬菜之冠，苕叶被称为"皇后菜"，"苕国"巨变，抚今追昔，慨而颂曰：

绿臂玉掌拥朝阳，金身聚能地里藏。
生在山沟人未识，不气不馁不卑亢。
一朝席上尊首位，嫩叶娇娇皇后娘。
苕腔曲曲若天籁，而今红苕称帝王！

七律·红苕烹饪赞

正糊涂

红苕烹饪盛名扬，底蕴人文味道香。
充国诗词多点赞，八方吃客品味忙。
胃温体健多营养，容美癌防少病伤。
系列翻新生意旺，财源广进露锋芒。

红苕歌四首

陈昌明　搜集整理

顿顿有苕不挨饿

肚儿饭饿，没得钱，背起包袱上广元，广元吃碗绿豆面，还是回我西充县。

县城吃块红苕糖，还是回我罐子场，罐子场的红苕多，顿顿有吃不挨饿。

红苕老大哥

红苕红苕老大哥，把你栽至对门坡。
往年红苕不够吃，今年红苕特别多。
大的来掺饭，小的宰颗颗，
烂苕皮子也有用，送到作坊烤酒喝。
苕国遍地都是宝，旮旯角角栽红苕。
一锄一个胖娃娃，大人娃儿笑哈哈。

红苕歌

说起你红苕，喜欢也发忙。
二月惊蛰过，我们就发忙。
担粪地里秧，苕母地里长。
肥地你不出，拿来种高粱。
坡地和瘦地，犁过刨成行。
过了药王会，等到过端阳。
但听雷声响，大雨催人忙。
有的喊嫂嫂，有人叫大娘。
你来帮我忙，一人栽一行。
不怕腰杆痛，哪顾手肿胀。
几天芽芽发，叶儿跟着长。
等到七八月，苕藤爬过行。
我把苕藤翻，已见冰口长。
心中暗思忖，定是红苕王。
十月一开挖，果不负我望。
块块溜汤逛，一窝一大筐。
大的窖苕洞，越搁越新鲜。
小的宰颗颗，晒了一箩筐。
选点白红苕，拿来熬麻糖。
冬天蒸红苕，猪油酸菜汤。
苕叶来掺饭，满锅留清香。

大人都爱吃，娃儿当干粮。
上顿接下顿，顿顿离不开。
吃得鼓丁胀，脸上放红光。
红苕是个宝，农家当主粮。

关于红苕的民歌民谣

吉怀康　编发

　　西充地处川北一隅，历史上十年九旱，人稠土瘦，资源匮乏。西充人以红苕和其他粗杂粮为主食，生活十分清苦。然而正是这种艰辛的劳动和艰难的生活，最能激发和积蓄人们的哀怨、梦幻和追求。诸多内在情感需要宣泄表达，民歌演唱就成为最好的抒情表意的民间文学样式。这些歌咏红苕的西充民歌民谣，质朴、芳香，散发着浓浓的泥土气息，是原汁原味的西充故事、西充情感、西充人民历史生活的真实反映。

苕面馍馍与梦相公

娃儿乖，莫要哭，
妈妈给你炕馍馍。
炕好了，
你吃一个，妈吃一个，

给你爸爸送两个。

摘自西充民间故事《梦相公》。《梦相公》讲的是一个被称作"梦相公"的女人，因家穷而被丈夫嫌弃。一天丈夫晌午回家吃饭时，在门口听到妻子正在边炕苕面馍馍边给在地上哭的娃儿唱这首儿歌，于是脑瓜开窍，后来竟以"梦准"连连"破案"，彻底改变了命运的故事。

按照西充方音，儿歌中的"哭"读ko，"馍"读mo，"个"读go，所以非常押韵，朗朗上口。

红苕民歌（一组）

范文钟　提供

一

叫声幺妹快起床，雨水过后暖洋洋。
背起背篼秧红苕，种下今年新希望。

二

红苕藤藤长长，地里红苕胖胖。
伏天高温莫天干，夺我农家半年粮。

三

队里苕地一行行，红苕心心黄又黄。
搅上一碗稀凉粉，心上人儿妹先尝。

四

青冈叶叶背背黄，寒露霜降挖苕忙。

又大又好做苕种，栽在明年多又壮。

红苕的农谚

刘忠举　搜集整理

雨水早，春分迟，惊蛰秧苕正当时。
红苕催苗四字经，早肥温温要记清。
要得红苕好，只有栽得早。
五月栽苕重一斤，六月栽苕光根根。
头泼金，二泼银，三泼四泼少收成。
天晴好刨苕地，落雨好栽红苕。
披苕衣，戴斗笠，产量肯定高。
深栽芋子浅栽秧，苕苗按紧就能长。
栽了红苕就下雨，苕藤要窜三尺几。
夏至才栽苕，一窝灌一瓢。
苞谷地里带黄豆，红苕地里种绿豆。
红苕地里施堆肥，个个红苕像棒槌。
苕地不扯草，红苕块头小。
菜园地的红苕大，地肥红苕味道差。
山坡地的土质差，红苕又面又很沙。
黑夜冷，白天晴，红苕定有好收成。
红苕芋子不嫌嫩，八月初一尝一顿。
九月初九是重阳，挖苕点麦少赶场。
寒露麦子霜降豆，立冬前挖苕是时候。

九月里秋风凉，风吹草枯苕叶黄。
割苕藤，挖红苕；点麦子，刨行行。
响午送饭到坡上，熬红苕那汤才香。

要想苕窖不烂苕，清扫消毒很重要。
烂苕伤苕不下窖，轻拿轻放不乱倒。
老鼠脏水不进窖，适时换气不能少。
只要经佑保管好，五黄六月吃红苕。

土里花事

土里水車

西充甘薯

田 波

　　甘薯属管状花目，旋花科，一年生草本植物，学名番薯，又名红苕、红薯、山芋、番薯、番芋、地瓜（北方）、山药（河北方言）等。

　　甘薯块根中除富含淀粉和可溶性糖分外，还含有蛋白质、脂肪酸、多种维生素、氨基酸，以及钙、磷、铁等微量元素。甘薯不但营养价值高，还具有很高的药用价值。中医认为，甘薯性味甘平、无毒，可补脾胃、养心神、益气力、通乳汁、除宿瘀脏毒。日本国立预防研究所研究证实，在具有防癌保健作用的12种蔬菜中，甘薯竟名列榜首，被誉为"抗癌之王"。研究发现，甘薯叶还具有食疗保健功能，对补气疗虚、健脾益胃都有一定功效，常吃有预防便秘、保护视力的作用；还有维护皮肤细腻、延缓衰老的美容功效。同时甘薯叶可防止心血管脂肪沉积、促进胆固醇排泄、提高人体免疫能力；甘薯叶还因病虫害少而极少农药污染的特点，医学界已将其列入抗癌蔬菜之一；

营养学家称誉它是"长寿食品""健康食品"，在国际市场也很走俏。甘薯已不是昔日所说的"粗粮""救灾糊口粮"，而是养分齐全、维生素和矿物质含量高，具有重要保健和防治疾病功能的食物。

一、甘薯的起源

（一）甘薯的地理起源

通常，世界上的作物起源于不同的地域，这是科学家所公认的。一般来说，在作物起源地有其野生祖先，并且该作物的基因多样性丰富。关于甘薯的地理起源，有亚洲说、非洲说和美洲说三种。

1. 亚洲说：根据李时珍《本草纲目》有关甘薯的记载，以及越南将类似植物的根、茎加以食用。但是后来的植物学研究表明，这种类似植物并不是甘薯。

2. 非洲说：根据传教士和旅行者的传说认为，非洲很早就种植了甘薯，但是后来Vogel和White（1905）指出，非洲当时种植的并不是甘薯。

3. 美洲说：已得到植物学、考古学、语言年代学的支持。研究结果表明，大多数番薯属植物自然地生长在美洲的热带地区，并在该地驯化出许多栽培品种。

在秘鲁的契勒卡峡谷，发现了距今10000年前的甘薯块根，证明甘薯在当地食用至少已有8000—10000年的历史了，这也是迄今发现最早的甘薯。从大量的考古学证据和语言年代学来看，一般认为公元前2500年左右，甘薯就已在南美洲的某些地区栽培了。美洲印第安先民们在驯化、培育甘薯方面对人类做出了大量贡献。

早在哥伦布发现新大陆时，甘薯已在南美洲和波利尼西亚群岛栽培。约在公元前一世纪，甘薯首先在波利尼西亚群岛的萨摩亚诸岛传播，逐渐广泛分布于从夏威夷到新西兰地域。即使从植物学的角度看，在南美洲有很多野生的甘薯近缘种，和这一地区育成了大量的栽培品种等事实，可见关于甘薯起源于美洲说比亚洲说或非洲说更为有力。

（二）甘薯的原始物种和进化

甘薯起源于哪个原始物种？原始物种如何进化为甘薯？20世纪初以来，这些问题一直是许多学者研究和争论的问题。直到2017年8月21日，上海辰山植物园（中科院上海辰山植物科学研究中心）和中国科学院上海植物生理生态研究所联合德国马克斯普朗克分子遗传研究所和分子植物生理研究所的科研团队在国际著名学术期刊Nature Plants上共同发表了揭示甘薯起源的重要论文。在甘薯的90条染色体中，有30条染色体来源于其二倍体祖先种，另外60条染色体来源于其四倍体祖先种；约50万年前，二倍体祖先种和四倍体祖先种之间的一次种间杂交孕育了今天的甘薯。这一发现解开了甘薯起源的谜题，为合理利用甘薯近源野生种提供了崭新的思路。

二、甘薯的传播

（一）甘薯传入中国

甘薯传入中国以后，因其具有适应性强、易于种植、便于管理、产量高等特点，在国内传种十分迅速，在甘薯种植短短的200多年里，遍布大江南北。

长期以来，农史界均认为中国甘薯原产美洲，传入福建，以此为最明确最具体的记载。古籍中的"甘薯"是"薯蓣之类"，还是今日之旋花科的甘薯，农史界乃至学术界意见不一，聚讼未决。学术界关于甘薯在中国的传播有两种看法，其一是甘薯土生说，其二是甘薯传入说。经过学术辩论，当前大多数学者都认为甘薯确是美洲原产作物，于明代传入我国。而它传入的时间和途径主要有以下几种观点：

主要观点	内容	代表学者及著述
早于哥伦布到达美洲之前已经传入中国	明洪武二十年（1387）甘薯已引入中国	李天锡《华侨引种番薯新考》
由海路传入东南沿海	万历十年（1582）之前林怀兰从越南引种入广东电白	梁家勉、戚经文《番薯引种考》、公宗鉴《对甘薯的再认识》等
	万历十年（1582年）陈益从越南引种至广东东莞	梁家勉、戚经文《番薯引种考》、公宗鉴《对甘薯的再认识》等
	万历二十一（1593）年陈振龙从菲律宾引种到福州长乐县	梁家勉、戚经文《番薯引种考》、公宗鉴《对甘薯的再认识》等
	由菲律宾引种到漳州	章楷《番薯的引进和传播》、公宗鉴《对甘薯的再认识》等
由海路传入东南沿海	万历十二三年间（1584—1585）从海外经"温陵洋舶"传入南澳、泉州	章楷《番薯的引进和传播》、公宗鉴《对甘薯的再认识》等
	从文莱引入台湾	陈树平《玉米和番薯在中国传播情况研究》等

主要观点	内容	代表学者及著述
由陆路传入西南边陲	嘉靖年间由缅甸传入中国	何炳棣《美洲作物的引进、传播及其对中国粮食生产的影响》 陈树平《玉米和番薯在中国传播情况研究》等

最早关于甘薯引入的记录是明嘉靖四十一年（1562）《大理府志》，其中有"紫蓣、白蓣和红蓣"的记载。在明代李元阳修撰于嘉靖四十二年（1563）的《大理府志》卷二，极为明确地列举"薯芋之属五：山药、山薯、紫芋、白芋、红芋。"除嘉靖《大理府志》外，李元阳于万历二年（1574）编纂的《云南通志》卷三，称姚安州、景东府、顺宁州种有"红薯"。这两部书是明确记录甘薯的最早著作，意味着甘薯是从印缅引进的。

综合多方面的资料，甘薯传入我国的时间倾向于明神宗万历年间，传入的路线有多条，最早的应属云南这一路。但《金薯录》中所记载的陈振龙等对甘薯的引种传播要算影响最大、传播最广的一条。由于我国幅员辽阔，甘薯传入中国并不是单一传播途径，而是通过多次、多渠道传入中国的。

（二）甘薯入川

1. 入川时间

长期以来，学术界普遍认为，甘薯在四川种植的最早记载，见于雍正十一年（1733）《四川通志》。但雍正五年（1727）《江油县志》将"芋"同"山芋"并提。此言"山芋"，无疑就是甘薯，其录入比雍正《成都府志》的记载要早六年。迄今所见文献表明，在全国范围内，四川出现甘薯，仅晚于明代云南（1563）、江苏、浙江（明末徐光启时代，即1562—1633）、广东（1582）、福建（1593）和清代台湾（1717）六省区。若将四川与邻省比较，则巴蜀引种甘薯，只是晚于云南（1563），而早于湖北（1740）、湖南（1746）、陕西（1749）、贵州（1752）、甘肃（乾隆以前方志未见记载甘薯）五省。

然而，上述年代并没有真实、客观反映甘薯传入四川的实际年代。其主要原因在于，甘薯等作物传播在文献记载时，往往发生缺漏和推迟现象。何炳棣指出，甘薯由印度、缅甸进入云南，虽然比由海路传入福建要早，但在中国西南诸省早期的传播，从文献上很难追溯。这大都要归咎于明清六版（含雍正版）《四川总（通）志》（1541年，1581年，1619年，1671年，1733年，1816年），因为其中的"物产"之部常常不谈粮食，而专重特产。此等体例，影响到明清时期四川若干府、州、县志书的编纂。

甘薯由海道自吕宋（菲律宾）传到福建似应在16世纪

七八十年代，而西南的甘薯似应在16世纪的最初三四十年
间即已传入云南。即是说，云南引入甘薯的年代较文献记
载大约要提前二三十年。根据这种思路方法，结合前面的
资料，并进一步联系明末清初四川旷日持久的战乱背景推
测，四川很可能在明末（16世纪后期至17世纪前期）就已
经引种甘薯。

　　2. 入川的主要路径

　　陈树平认为，甘薯经川西南传入成都平原，再逐渐向
川东其他地区蔓延。郭声波以为甘薯传入四川的途径大略
有两条，即云南及东南两路。虽然甘薯入川在全国范围属
于较早之列，但是，直到清雍正年间，巴蜀农民栽培甘薯
仍旧甚少。

　　合观诸家之说可知：明末，很可能有少量甘薯从云南
省传播到巴蜀境内；清代，此物自滇、黔、鄂、湘、赣、
闽、粤等省更多路径、更大规模地引入四川盆地。在陕、
甘与川、滇的联系中，长期存在着一条茶马古道，由兰州
经巩昌至云南；而在云南与缅甸之间，贯穿着一条物资、
文化交流的通衢大道（西南丝绸之路），即昆明—大理—
保山—腾越—缅甸。茶马古道正好将南北两条丝绸之路连
接起来，而四川恰好位于茶马古道的中段。因此，甘薯最
初传入四川的路径，主要应以云南为中介，主要依靠西南
丝绸之路——茶马古道上的商人和足力作为媒介而传入。
特别是从乾隆年间开始，甘薯引入四川的路径更加多样
化、复杂化，并且直接与大规模的移民浪潮密切相关。全

国二十余省皆有移民入川，其路线主要有东路、南路、北路三条，东路以湖北宜昌府为集散地，沿长江上行，分水旱两路；南路以贵州铜仁、思南、湄潭为集散地；北路以陕西汉中、紫阳为集散地。其中，从东、南两路入川的移民数量最大，因而在甘薯引种过程中扮演了举足轻重的角色。就清代输送甘薯入川的地位而言，云南一路不仅无法与东、南两路相抗衡，反而几乎被后起的两路所淹没、被很多人遗忘。

甘薯在什么时间、以什么方式传入四川，还得考虑以下三个重要因素：一是进入成都平原的移民涉及全国多个省份，原籍构成上极为复杂；二是诸多外省移民不远几千公里，奔赴天府之国，在迁徙途中要受到众多因素制约；三是明末四川境内率先引种甘薯的部分农民，在清初移垦、抢垦或直接返乡复垦成都平原的生存竞争中，较外省移民更有可能捷足先登。因此，当时最早进入成都平原的移民和甘薯，到底是来自哪一路、哪个省，委实不便妄下断语。那些甘薯不可能一边倒似的只是与东南移民相关，还可能与那些在明末清初历经磨难、侥幸生存下来的四川本土人民相关，与其他很多外省（特别是云南）移民相关。

（三）传播的动因

到了清代，甘薯在四川的传播较为迅猛，其动因是多方面的。

1. 自然与人口因素

（1）自然条件。美国学者格雷西指出，四川盆地"气候是适宜的，土壤是肥沃的"。主要农耕区地处亚热带，光热充足，雨量适中，土壤肥沃，尤其是盆地的丘陵多为紫色砂页岩风化土，其通透性好，肥力较高，土壤养分丰富，为甘薯的生长提供了优越的条件。

（2）交通因素。古代四川处于茶马古道的中段，而这条交通线又将南北丝绸之路连接起来。至于盆地内部的交通状况，清末民初，德国学者瓦格勒曾以专业的眼光，考察过中国很多省区的农业及其相关问题。他的看法比诗赋文人的夸饰之辞更具有参考价值。他指出："就交通状况讲，四川盆地也处于一种优越的地位，因为几乎所有穿过盆地的河流，一直达到它的边界，都可航行，故在此范围获得廉价的水运。"四川盆地相对便利的水路，与陆地上的官道和无数乡间小路相连，足以为甘薯等外来作物的传播创造必要的交通条件。

（3）人口因素。明末清初，四川遭遇历史上最为酷烈的兵燹之灾，加上瘟疫等自然灾害的沉重打击，史载"大旱大饥大疫，人自相食，存者万分之一"，导致全省人口急剧减少。李世平估计清顺治十八年（1661），四川人口约50万。康熙十九年（1680）之后，清政府充分鼓励人们入川垦殖，掀起了大规模移民潮，使四川人口高速增长。参照王笛的修正数字，估计在雍正末年、乾隆初年（18世纪30年代），四川人口才恢复到万历六年（1578）约310万的水平；至宣统二年（1910），全省人口接近4500万。从顺治末年、康熙初年到清末，四川人口至少增加了44倍，这在整个四川、乃至全国人口史上，都是罕见的。如此高速的人口增长，按照马斯洛理论，最基本的生理需求势必对粮食产量提出更高的要求，从而加速高产、稳产、丰产的甘薯的传播、栽培，以满足迫在眉睫的、最强烈的食物需求和生存需要，甘薯成为广大入川移民首要的必然选择。

2. 科学技术因素

认识甘薯的特点，并能快速生产，是甘薯传播过程中的关键因素。部分地方官和方志作者，继承明末伟大科学家徐光启的学术传统（《农政全书》《甘薯疏序》等），对甘薯技术给予一定的关注。清代四川境内最具专业性的甘薯文献，莫过于乾隆年间张宗法所著的《三农纪·薯》；嘉庆年间，原籍安徽的杰出学者包世臣（著有《安吴四种》，咸丰十一年刻本）曾到川东一带指导甘薯催芽培育薯苗的方法，《安吴四种》卷二十五《郡县农政》是中国农学史栽培领域中较早的文献。

（四）所产生的影响

从甘薯入川至清代，四川很多地方大力推广种植甘薯，产生了积极的影响。

1. 促进土地开发利用

四川"土不瘠，民不惰。流寓之众，又各携方物以为艺植。故昔之所无，或为今之所有，而洋洋发育之象，视古加隆"。移民从故乡带来甘薯种，也带来艰苦奋斗的精神。他们在新开垦的土地上努力生产，创造出更加繁荣的经济生活。农民习惯于将甘薯与麦子、蚕豆、油菜等作物轮作，而这类土地利用方式，主要是在清代（特别是后期）形成的。

2. 提高粮食生产水平

甘薯是著名的高产作物之一，有助于提高粮食生产水平。宣统二年（1910）统计显示，四川全省共种甘薯605万亩，总产量3950.6万石，平均亩产1.46担，折合粮食197.6市斤（亩产合为214.3斤/亩）。清末，全川粮食生产总量约188.9亿斤，其中番薯产量约占6.3%。

乾嘉拓殖时期，四川农民新开发利用的边际土地，其自然肥力较高。后来，随着土壤肥力的损耗，加上甘薯等粮食作物种植面积甚大，肥料供应不足，因而甘薯地位面积产量有降低之势，不过直至今天，四川一直是全国重要的甘薯主产区，是无可争议的。

3. 引起种植结构与饮食结构变化

引种甘薯等作物，改变了四川的种植业结构。清末民初，甘薯成为普通物产，甚至被有些人视为"贱品"。不过，广大农民相当珍视此物，当作半年口粮来源。民谚云："蕃薯熟，民果腹；蕃薯稀，民受饥。"那时，在旱粮乃至整个种植业结构和人民饮食结构中，甘薯已然取得比较突出的地位。

4. 增强救荒能力

乾隆年间,张宗法《三农纪》引《群芳谱》云:"凡人家有隙地,但只数尺,仰见天日,便可种得石许。此救荒第一义也,人不忽诸耳。"美国学者珀金斯指出:"吃薯类是一桩不得已的事情,只有在饥荒中才肯吃。"由此可见,在一些山区,甘薯大量种植,使人们的救荒能力得到加强。

5. 丰富农业文化

甘薯的传播为农书、地方志增添了新的内容。一些甘薯类专门性农书趁机获得刊书流传的大好时机。方志特别提到,乾隆五十一年(1786)冬,应侍郎张若淳的请求,清廷下令各直省官员推广甘薯种植。于是,山东巡抚陆耀所著的《甘薯录》由官府正式刻印,颁布各州县。

6. 推动畜牧业发展

光绪年间,四川总督丁宝桢奏称:"川省宰猪实较他省特多。"每年共宰杀生猪约300万头,在很大程度上得益于大面积种植甘薯,为生猪提供充足的饲料。

7. 增加商品粮供给

乾隆年间,四川成为廉价商品粮的供应地。大量粮食(特别是稻米)沿长江而下,维持长江中下游的市场需要。有人估计,18世纪中叶,四川每年外运的米粮约在100—200万石,因为巴蜀境内不少农民"多种薯以为食,省谷出粜"。甘薯尽管是粗粮,但发挥了替代口粮的功能。

8. 奠定栽培技术基础

在甘薯育苗方面，清代四川等地农民采用催芽之法。这与民国时期辜尚纶《老农笔记》所载有着较为明显的内在联系。清代四川的甘薯栽培技术，并没有因为清王朝的消失而断绝其影响，而是作为基础性、先导性的学术资源，继续启发后来的农业发展。

9. 防止水土流失

甘薯喜温怕冷，主要集中在丘陵、低山区，栽培上辅以相关的配套措施，不仅可以减少、避免水土流失，还可以在较大程度上抵挡雨水对表土的冲刷，防止水土流失。

综上所述，甘薯作为重要的高产粮食作物，在明末就很可能传入四川境内，而在清代获得更大的传播力度、更广的传播空间和更大的种植面积。这在四川农业文明发展史上，的确值得浓墨重彩书写一笔。

三、甘薯生长与外界环境条件的关系

（一）温度

甘薯喜温怕冷，但不同部位、不同生长发育阶段甘薯对温度的要求各不相同。

块根萌芽适温为28—32℃，超过35℃萌芽受抑制。

蔓叶气温15℃以下生长停止；在16—35℃范围内，温度越高生长越快。

不定根发生在15—30℃的范围内，温度愈高发根愈快。

块根的形成在地温21—29℃范围内，温度较高，块根形成速度加快；最低气温9℃以下，薯块会有冻害。

块根在地温以22—23℃膨大最快。块根的膨大除要求一定的温度外，昼夜温差大也特别重要。

（二）光照

甘薯是短日照喜光作物，在光照充足的情况下，叶色较浓，叶龄较长，茎蔓粗壮，输导组织发达，产量较高。如果光照不足，则叶色发黄，落叶多，叶龄短，茎蔓细长，输导组织不发达，同化形成的有机营养向块根输送少，产量低。

在每天8—10小时短日照条件下，不利于薯块膨大；每天日照在12.4—13.0小时的条件下，有利于块根的形成和膨大。

（三）水分

甘薯是耐旱作物，既怕涝，又怕旱，水分过多过少均不利于增产。群众说："干长柴根，湿长须根，不干不湿长块根。"甘薯耐旱力较强，蒸腾系数较小，约在300—500之间（每生产1公斤干物质，需耗水300公斤—500公斤）。在整个甘薯大田生长期间，耗水动态由低到高，再由高到低。

1. 生育前期：在扎根还苗、分枝结薯阶段，生理需水较少，但需水迫切，在这一阶段内一般应保持土壤湿润。

2. 生育中期，在分枝期至蔓叶生长高峰期间，蔓叶生长很快，为大田甘薯整个生长过程耗水最多的时期，遇旱蔓叶生长受抑制；但土壤水分过多，蔓叶疯长，纤维根增多，或因缺氧块根形成层活动被削弱，块根膨大缓慢。

3. 生育后期，进入茎叶生长衰退期后，叶面积增长逐渐下降，生理需水趋少，块根膨大期间，如前期受旱，后期骤然多湿，常使薯块发生纵裂。

（四）养分

红薯吸肥能力强，耐瘠薄，但要高产必须施足肥料，除氮、磷、钾外，硫、铁、镁、钙等也有重要作用。在三要素中红薯对钾的要求最多，氮次之，磷最少。据分析，每1000公斤鲜薯中含氮3.5公斤，磷1.75公斤，钾5.5公斤；同样的蔓叶中含氮2.7公斤，磷0.5公斤，钾3.5公斤。

除氮、磷、钾三要素外，甘薯正常生长还需要一定数量的钙、硫、镁、铁、硼、锰、铜等元素。

（五）土壤

甘薯对土壤的适应能力很强，各类土壤都可栽培，但以土层深厚、含有机质丰富、疏松通气、排水性能良好的沙壤土与沙性土为好。

薯田耕作层一般要求20—30厘米，表层有机质含量为1%—2%，既有利于根系的舒展，又能源源不断供应甘薯以养分。

甘薯耐酸碱能力较强，在土壤pH值4.2—8.3范围内均可生长。

四、西充甘薯种植

（一）西充县气候特点和甘薯生长适应性

西充位于四川中偏北部，县平均海拔361.2米。土壤多为紫色土，中性或中性偏碱，土层深厚，有机质含量高，富含磷、钾等矿物养分，质地适中，有较好的透水、通气性，适合甘薯生长。

西充位于典型的亚热带湿润季风气候区，冬夏季风更替明显，冬季气流来自北部高纬地区，气温较低，降水少，但因北有秦巴山地阻滞冷空气南下而较温暖。夏季气候炎热，多偏南风，降水集中。年平均气温17.5℃，无霜期308天，年均降水量980毫米，年日照平均1445小时。特殊的地理位置条件使西充县呈现四季分明，冬暖、春旱、夏热、秋雨，水热同季、旱雨分明、日照时间长、秋季昼夜温差大的特点，为甘薯的生长提供了充足的地理气候条件。

西充富含有机质、矿物质的土壤环境为甘薯提供了天然无污染、肥力充足、营养丰富的土壤资源。西充属长江流域薯区，独特地理环境和气候条件为喜温、喜光、适应性强的甘薯提供了优越的生长环境。正是西充县得天独厚的自然条件和生态环境，成就了西充甘薯外表光滑、肉质柔和、膳食纤维适中的独特品质。

（二）甘薯的种植面积

甘薯作为西充主要的粮食作物，几乎是农民的半年口粮。在中华人民共和国成立之前，西充甘薯的种植面积一直居各作物之首，产量居第二位，故西充史称"薯国"。甘薯曾经是人们主要口粮，农民将薯窖当作米缸缸，流传有"红苕酸菜半年粮""要吃饭，苕窖看"等民谣。由于物资匮乏，粮食短缺，人们生活极度困难，所以又有"吃早"的习惯，民间有"不管红苕嫩不嫩，八月初一尝一顿"之说。

宣统二年（1910），西充县甘薯面积达到11.3万亩，占全年粮食面积的33.36%，亩产鲜薯仅3担。以后，逐年垦荒扩种，又据1938年后的资料记载，常年种植面积在20万亩以上。民国三十四年（1945）达到29.2万亩，亩产鲜薯200公斤—300公斤。有的农民缺少资金，栽插不及时，管理不善，产量更低，常出现"几面坡，一筐筐"的景况。

中华人民共和国成立后，甘薯生产有所发展。1962年以前的13年间，种植面积都在25万亩以上，1956年发展到顶峰达到31.9万亩。1963—1986年甘薯面积都稳定在20万亩，占全年粮食作物面积的20%左右。1950—1958年甘薯单产是上升时期，由1949年的69公斤（五折一，下同）提高到1956年的158公斤，增加了2.28倍。1957年后（除1958、1979两年外）单产都停留在200公斤左右。20世纪80年代末期，由于麦玉薯三熟制的扩大和自然条件的影响，甘薯总产不稳定，常年在35000—40000吨之间浮动，占全年粮食总产的16—18%。

1986—1997年甘薯种植面积稳定，基本在17万—19万亩之间。1989年选用徐薯18、川薯27、南薯88高产优质良种，彻底淘汰华北薯、胜利白等老劣品种，采用地膜育苗、独仓大厢、穿林早管、夹边施肥、根外施肥等甘薯高产技术，当年种植面积达18.84万亩，甘薯总产37819吨。1999—2000年甘薯面积稳定在20万亩以上，2001年以后由于农业产业结构调整，粮食面积逐年调减，2003年甘薯种植面积减少到156480亩，2005年种植面积174090亩，之后甘薯种植面积逐年减少，目前种植面积不足10万亩。

五、品种沿革

在中华人民共和国成立前，西充县大都种植地方品种，俗称土红苕。1940年杨鸿祖将产于美国的南瑞薯引入四川，开创四川省甘薯引种的先河。20世纪50年代初期，主要种植南瑞苕、胜利百号。据不完全统计，50年代中叶，全国在生产上发挥较大效益的品种有60多个，其中影响较大的有川薯27、宁薯1号、青农2号等。尽管上述品种有一定的栽培面积，在粮食产量的提高上做出了贡献，但胜利百号仍然占着统治地位。

西充县20世纪60至70年代分别引种并种植红旗4号、开花薯、华北351、华北51-93、里外黄、华北52-45、华北59-811、华北573-13、华北59-811、河北351、农大红、

清波薯、胜利百号、巫二薯、二甘薯、南江薯、西充黄心
等。

　　20世纪70年代，江苏徐州甘薯研究中心育成抗病高产
甘薯新品种徐薯18，在70年代后期推广川薯27。20世纪80
年代以后，国家项目启动，组织了高淀粉高产抗病的新品
种选育，育成该淀粉品种烟薯3号、浙薯1号等及兼用品种
南薯88、郑红4号等。20世纪80—90年代西充县大面积种植
川薯27、西充279-6、华北351、西充黄心、徐薯18、南薯
88、南薯99。进入21世纪，由于甘薯用途发生变化，市场
对品种分类越来越细，专用品种居多，鲜食品种有西充黄
心薯、广薯87、南紫008、西成薯007等。

　　1. 南瑞薯

　　我国著名薯类专家、中国薯类作物育种的开拓者杨洪
祖1940年从美国成功引种甘薯品种"南瑞薯"，进行驯化
栽培、鉴定比较和大面积推广，经1941—1943年在成都、
绵阳、泸州、合川、达县等地试验，该品种表现最好，比
当地对照品种增产一倍左右，1944年起即在四川省示范、
推广。

　　1946年，为了提高甘薯产量，四川省农改所向全省征
求特约农户示范种植南瑞薯，西充县一农户有幸成为特约
农户，获得南瑞薯种薯8.1公斤，当年种植0.86亩，折合亩
产675公斤，比地方种增产42.1%，从此，南瑞薯在"苕
国"西充扎根。

　　南瑞苕虽在西南区有十余年的栽培历史，但普及的面

很小，直至中华人民共和国成立后始在党政大力支持下得到迅速的推广，不少农业社全改种了南瑞薯。1950年，在农业部的宣传、组织下，南瑞薯种植面积迅速扩大，成为20世纪50年代四川甘薯栽培面积最大的主栽品种，年最大栽培面积达1312万亩，在西南各省和长江下游地区也有一定的分布。

南瑞薯经长达50余年的栽培，累计面积达2.5亿亩以上，为社会创造了显著的经济效益。1989年四川省仍保持有一定面积（四川省种子公司统计为126万亩）。育种实践证明，南瑞薯确是一个品质优异的种质资源。

该品种顶叶绿色，叶脉紫红，脉基紫色，叶片心形，藤蔓粗短，分枝数中等，薯块呈纺锤形，皮黄色，肉橙黄至橘红色。具有产量高、适应性好、耐肥、抗软腐病、食味好等优点。

2. 胜利百号

1941年以后由日本引入我国，原名冲绳百号，1948年改名为胜利百号。

该品种萌芽性好，发芽快而多，生长势强，适应性广，属中长蔓品种；薯形呈短纺锤形，有条沟，皮淡红色，肉淡黄色，烘干率27%，熟味中等，贮藏性中等，易感黑斑病，在我国栽培面积很大。

1950年该品种亩产鲜薯1500公斤左右，60至70年代此品种退化严重，产量下降，藤蔓细长，种植面积逐渐缩小。

3. 华北52-45

该品种顶叶及叶片为绿色，茎粗短，绿带紫色。株型
松散，薯块为下纺锤形，薯皮粉红色带黄斑，薯肉淡橘红
色有紫晕。薯块萌芽性优于胜利百号，分枝较多，但茎叶
量少，长势较强，耐肥但不耐瘠薄干旱，对低温及地下害
虫抗性差，抗黑斑病能力较强，重感根腐病，感线虫病。
结薯较早，薯块膨大快，数量多而集中，整齐光滑，烘干
率27%，食味较优，贮藏期间易感干腐病。亩产量1500公
斤，比胜利百号增产20%—30%。

4. 西充黄心

西充农业科学研究所针对20世纪60年代甘薯品种单
一、退化严重、产量低、抗病性差（黑斑病重）、贮藏烂
窖严重等现象，开展了甘薯育种工作。1965年，通过诱导
甘薯开花结实，杂交后代表现稳定。1969年进行品系比较
试验，经过县、地区、省三级预备试验、区域试验和生
产试验，最终获得科技人员和群众肯定，后定名"西充黄
心"，成为大面积推广的甘薯新品种。

该品种属蔓生型，叶茂分枝性强，茎粗带紫，叶片中
等大小，心脏形，色绿边带紫，早熟质优，薯皮光滑，皮
红肉黄，熟食肉质柔和，绵软味甜，膳食纤维适中，β-胡
萝卜素含量高。

1968～1969年参加鉴定，1970年开始在木角公社试
种，1974年在全县大面积推广。

通过西充县农业科学研究所几年的试验、示范，西充

黄心薯亩产1627.5公斤—2810公斤，较南瑞薯增产28%—32%，较胜利百号增产10%—20%（1977年农林情况第十六期1977.9.14）。1977年供应全县35000公斤西充黄心薯种薯。

1979年参加四川省甘薯良种区域性试验，各地均表现出长势良好、早熟、高产、食味好、适应性强、抗病性好等特点，建议当地推广。

试验结果表明，西充黄心苕是一个综合性状较理想的早熟、优质、高产的新品种。1978年全省已推广六十多个县市，1978年—1979年全省大面积推广500万亩，1979年四川省农业局《农业情况》（第32期）向全省作甘薯优良秋植种推广。

2011年制定《西充黄心苕生产技术规范》（AGI2011-03-00696），西充黄心苕获得中华人民共和国农业部农产品地理标志登记。

2013年中国绿色食品2013青岛博览会上，西充黄心苕获畅销产品奖。

2013年度以来，西充黄心苕连续评为全国名特优新农产品，已成为国内享有盛名的农产品区域公用品牌之一。

2014年发布《地理标志保护产品西充黄心苕种植技术规范》（DB511325/T020-2014）。

2017年成功注册"西充黄心苕"国家地理标志证明商标。

2018年"西充黄心苕"获得中华品牌商标博览会金

奖。

5. 川薯27

1973年用南瑞薯作母本，与美国红杂交，1980年育成了高产、适应性广的甘薯品种川薯27，年栽培面积均在200万亩以上。

该品种出苗较早（35天），整齐，苗数较多，生长势较强，大田封厢期较早，单株生产力一般，薯形不规则，产量较高。

据南充地区农学会1982年考察，该品种平均亩产1453公斤，但含水量大，不耐贮藏。

6. 徐薯18

江苏省徐州地区农科所1972年用新大紫（夹沟大紫×52-45）为母本，52-45（南瑞薯×胜利7号）为父本，进行近亲杂交、回交选育而成的优良薯种。

该品种顶叶和叶片均为绿色，叶脉、叶脉基部和叶柄基部均为紫色，叶心脏形或浅单缺刻。蔓中等长，茎基部绿色带紫，分枝数较多，匍匐型。薯块呈长纺锤形，薯皮紫红，肉白色。该品种综合性状好，表现在萌芽性好，出薯早而多，长势旺，茎叶前期生长较快，中期稳长，后期不早衰。耐旱耐瘠、耐湿性较强，适应性广。抗逆性强，结薯较早而集中，大薯率高，生长中期膨大快，食味中等，鲜薯耐贮藏，一般亩产鲜薯2000公斤左右。

7. 徐薯18（脱毒）

据试验，经过脱毒一般可增产20%—30%，并对其外观、商品性还有所改善。徐薯18（脱毒）综合性状好，产量稳，高抗根腐病，抗旱、耐瘠。茎叶色绿，叶心形带齿或浅缺刻。叶脉紫，茎绿带紫，中蔓，薯皮紫红色，肉色白，切干率30%左右，淀粉率20%左右，食味较好，比普通徐薯18增产20%—30%，不抗茎线虫病，黑斑病，适合重根腐病、淀粉加工区种植。

8. 南薯88

南薯88由四川省南充地区农科所1980年以晋专7号作母本，美国红为父本进行有性杂交选育而成，该品种具有丰产性好、抗病耐旱能力强、品质优等特点。一般鲜薯亩产2500公斤左右、高产地块亩产可达4500公斤，比徐薯18增产20%以上。

该品种结薯早，薯块多，平均单株结薯为3.5个，且大、中薯比例高，熟食风味好，甜度高，肉质细，纤维少。因其产量高，适应性广，综合性状好而大面积推广，年最高种植面积160万公顷。

1988年，西充县共有南薯88种薯4000公斤，为扩大繁殖系数，县上确定在交通方便、甘薯面积大、农民有贮藏条件的双凤镇、古楼镇、鸣龙乡为良繁基地，县乡两级安排专人负责，并运用经济手段，与乡、村、社签订繁殖合同，农户按1∶70的繁殖系数生产种薯，每交售50公斤贮藏种薯，价格按市价上浮30%—50%，县上供给平价尿素7.5公斤，明确了各自的责权利。当年，甘薯繁殖系数达到1∶94，不仅满足县内25个乡推广用种，还为7个兄弟县提供种源10.2万公斤，有力地支持了该品种的推广。1990年推广南薯88，种植面积达14万亩。

9. 南薯99

中熟中蔓型，顶叶绿带褐色，尖心脏形，中等大小；叶脉、脉基紫；蔓色绿，蔓尖茸毛中；蔓长中等，粗细中等，基部分枝3—5个，株形匍匐。薯块呈纺锤形，皮色紫红，肉淡黄色，烘干率28%以上，淀粉率13%以上，可溶性糖4.6%，100克鲜薯含维生素C34.3毫克，熟食品质中等；干藤叶粗蛋白含量为20.9%；萌芽性好，大中薯率90%以上。单株结薯3—5个且较集中；中抗黑斑病，耐旱、耐瘠、储藏性好。净作亩产栽插4000株，间套作一般亩产栽插3000株，平均亩产鲜薯2000公斤。

10. 南紫008

该品种为中熟、食用型紫色甘薯品种。顶叶紫红色，成熟叶绿色，心脏形，大小中等，叶脉绿色，柄基绿色，蔓绿带褐色，茎基部分枝3—4个，株型匍匐；薯块呈长纺锤形，皮色紫，肉色紫，薯皮光滑，薯形外观好，熟食品质优，每100毫克鲜薯中含花青素15.106毫克，萌芽性好，幼苗生长势强；结薯整齐集中，易于收获，单株结薯2—3个；抗黑斑病，耐贮藏性。亩栽插适宜株数3500—4000株，一般亩产鲜薯1300公斤。

11. 广薯87

该株型半直立，中短蔓，分枝数中等，顶叶绿色，叶形深复，叶脉浅紫色，茎为绿色。萌芽性好，苗期生势旺，有自然开花习性。结薯集中，单株结薯数多，一般5—9个，薯形光滑，薯皮红色，薯肉橙黄色，薯身光滑、美观，薯块大小均匀，耐贮性好。蒸熟食味粉香、薯香味浓，口感好，适应性较广，产亩栽插4000株。

12. 西成薯007

南充市农业科学研究所2001年配制杂交组合BB18-152×9014-3，经培育、选择、比较鉴定，2008年审定推广。

该品种属中熟、淀粉加工型；株型匍匐，中长蔓，顶叶绿，边褐；成熟叶绿色，浅裂单缺，大小中等，叶脉绿色，柄基绿色，蔓绿色，茸毛少，茎较粗，茎基部分枝3—4个；薯块呈纺锤形，皮红肉淡黄，熟食品质优，烘干率32.81%，淀粉率22.20%，结薯集中，单株结薯3—4个；出苗早、整齐，单株幼苗数13个左右，幼苗生长势强；高抗黑斑病，耐贮藏。亩植3500—4000株；施肥以有机肥料为主，重施底肥，包厢或全层施用，追肥宜早，一般亩施尿素10公斤、过磷酸钙10公斤—14公斤、硫酸钾10公斤—14公斤。平均，产鲜薯2000公斤，藤叶亩产2300公斤。

六、主推技术

（一）改殡种时间

殡种时间变化不大，一般在惊蛰至春分。

随着技术的进步，特别是新的保温材料农用薄膜、农用地膜的出现，虽然在育苗时间上没有多少差异，但生产中改早播（殡种）为适时早播（殡种），苗床出苗时间明显提早，薯苗质量显著提早，基本达到壮苗标准。

（二）育苗方式

20世纪50年代初期为露地育苗，50年代中后期为土温床育苗，以后发展为竹栏草渣抱薯法育苗、半坑式酿热温床育苗、火炕温床育苗、薄膜冷床育苗等。不管采用什么方式育苗，目的是创造良好的环境条件，尽量满足甘薯需要的发芽条件，促进早生快发，以达到多产薯藤的目的。

1. 露地育苗

20世纪50年代初期为露地育苗，选择土壤肥沃、排灌方便、向阳背风的土壤作薯母地，一般为坝地，冬季深翻炕土，农历正月泼稀粪培肥，采取露地挖窝或开沟育苗，惊蛰下种，窝行距67厘米，每窝斜放薯种2—3个，苗床烂薯严重，发芽慢，出苗率低。

2. 土温床育苗

20世纪50年代中后期，槐树、义兴一带发展了土温床育苗，即先催芽再殡种，在立春至雨水时节对薯块催芽，甘薯芽长齐后，再移植于薯母地进行育苗，惊蛰带芽下种，受当时气候影响大，出苗提早。

3. 薯尖越冬作种

这是一种甘薯育苗技术上的创新。在粮食紧缺的情况下，为节省薯种，确保早栽，提高甘薯产量。1974年从巫山引进了薯尖越冬作种技术，并首先在双凤、晋新、多扶进行定点试验，小面积初获成功。

1975年西充县大面积示范，成为群众性活动，共做苗床36345床。薯尖越冬的苗床有地上式、坑式、半坑式等多种形式。

4. 塑料薄膜平盖育苗

这是在露地育苗基础上发展起来的一种育苗方式，是一项技术改革。它具有省工、省种、省薯母地、出苗早、出苗快、产藤多的特点。

5. 塑料薄膜温床育苗

这是在土温床育苗基础上发展起来的，是一项甘薯育苗的技术改革。具有防寒保温、出苗早、出苗快、生长健壮、便于早栽高产的特点。其具体做法是：在雨水节前后，选择向阳背风、排水良好的地方，做成宽1.67米，深26.67厘米的苗床，床底先铺猪牛垫圈肥，再铺10—13.3厘米厚肥泥和堆肥各半的营养土，然后分排插上甘薯，做到上齐下不齐，用稀粪水泼透，再盖上一层营养土，最后搭架覆盖塑料薄膜，压严四周边子，剪苗栽插前适时揭膜，加强管理。

6. 地膜育苗

地膜育苗是在塑料薄膜育苗的基础上发展起来的一项新技术。从试验和推广情况看，地膜育苗其增温、保肥、保水效果显著、出苗早、烂薯少、产藤量高、薯苗素质好、方法简便等优点，能保证壮藤早栽，比塑料薄膜育苗表现出成本低，适合于分户操作，是培育壮苗、提早栽薯、促进高产的一项重要措施。

7. 新法转火，培育壮苗

甘薯利用温床育苗或薄膜育苗或地膜育苗技术，只能提早萌芽，只有通过转火，把单个薯块上的薯苗剥离种薯，才能培育壮苗。转火又以"薄膜苗床芽藤打尖繁枝"法最好，它不但能节约种薯，而且能多繁尖节苗供大田栽插，显著提高甘薯产量。

新法转火"薄膜苗床芽藤打尖繁枝"并不难，苗床与"薄膜育苗"苗床做法一样，只是薯块上的芽苗长到26.7厘米—33.3厘米，揭膜炼苗1—2天，便可剪苗转火，方法与"薯尖育冬"栽插相同，只是栽插密度稍稀，排行10厘米；退窝26.7厘米—33.3厘米，待成活后打去顶尖向一边倒压，分枝有两片展开叶时揭膜追肥，以后加强管理，可以繁殖更多茎尖苗及中节苗。

（三）栽插时间

由于丘区人多地少，在西充县普遍采取套作，旱地改制由"麦—玉—薯"三熟增加到"麦—玉—薯—豆—菜"5—7熟,复种指数大大提高。绝大部分甘薯在小麦收后,及时刨薯厢,五黄六月抢种抢收时间异常紧张,有"蚕老麦黄秧上节,娃儿拉屎豆浆溏"之说,农人之辛苦可见一斑。传统的栽插时间一是看薯苗长短,二是看老天爷脸色,一般在芒种至夏至抢雨栽薯,藤蔓长至沟底开始第一次翻藤,整个长期翻藤3—4次。立冬前后开始收挖。

由于保温育苗技术的推广,出苗时间提早,薯苗素质高,一般抢雨天栽插,时间在5月上旬。随着科技的进步,可以在外省、外地专业的育苗基地采购合格的薯苗,春薯在3月中下旬实行保护地栽培,7月底鲜薯可以上市;在原来的地块再栽植夏薯。

(四)主推技术

1. 甘薯育苗三改。一改过早殡种为适期殡种,甘薯殡种时间安排在3月上旬,降低苗床烂薯率,提高率薯苗素质;二改育苗密植为稀植,开窝由33厘米×33厘米,改为40厘米×40厘米;三改重施追肥为重施底肥,达到壮苗标。

2. 大垄双行。20世纪50年代中后期栽薯提倡高垄、深沟、双行或错窝、长藤、浅栽平插,垄宽1米—1.1米,藤长4—5节,每亩4000—5000苗。

3. 独仓大厢。长期以来,甘薯栽培刨厢方式有马槽厢(两边刨)、单仓一边倒、横起刨(楼梯型)、独仓大厢中间刨四种主要刨厢方式，由于马槽厢（两边刨）刨厢方式不科学，麦—玉—薯套作，甘薯栽在玉米脚下，隐蔽大，生长慢，产量低。

独仑大厢中间刨技术就是在两行玉米之间刨一大厢，栽插两行甘薯，浅栽平插，退窝20厘米—23厘米各走各的路。据试验，独仑大厢中间刨亩栽插3639株，亩产2365.5公斤，马槽厢（两边刨）亩栽插3727株，亩产1749公斤，独仑大厢中间刨比马槽厢（两边刨）栽插亩增产616.5公斤，增幅35%。

4. 双季甘薯栽培。针对群众口粮不足、生活困难的实际，1975年西充县农业科学研究所开展了双季甘薯试验、研究，1977年获得成功。该所针对西充县夏、秋气候温暖，雨量充沛，光照适宜的特点，在晚秋作物生长的8—11月，前期处于热量、雨水比较充足的条件下，有利于作物的生长发育，甘薯栽培上可以充分利用这一宝贵的气象资源，复种一季甘薯，是提高甘薯产量的一项有效措施。1977年双季甘薯试验，供试品种西充黄心薯，试验面积0.32亩，第一季鲜薯亩产1400公斤，第二季鲜薯亩产1105公斤，两季亩产鲜薯2505公斤。

木角公社一大队五队，旱地三熟（油菜—甘薯—甘薯）每亩总产粮食425公斤（1：5折合），比旱地两熟（油菜—甘薯）增产30%以上。

5. 大田抢早。一是抢收前作，二是抢刨薯厢，三是抢雨栽插，无雨抗旱栽插。

6. 穿林早管，早施追肥。6月份亩施水肥30担—40担，碳酸氢铵15公斤—25公斤或尿素4公斤—5公斤，兑匀后窝施，力争达到玉米灌浆，甘薯封厢。

7. 夹边施肥，培土垒厢。夹边肥是在穿林追肥的基础上补肥措施，在玉米收后，大种秋粮秋菜的同时，做好分类施好夹边施和培土垒厢工作，一类苗少施或不施肥，二类苗亩用水肥30担，草木灰50公斤沟施三类苗在二类苗的基础上，加碳酸氢铵15公斤—25公斤或尿素5公斤—7.5公斤。

8. 翻藤变提藤。大田薯藤长到一定长度后，往往萌发不定根，之后发育为小甘薯。为了达到薯块大、产量高的目的，20世纪50年代人工翻薯藤，靠外力扯断薯藤上的不定根（俗称翻藤），将薯藤翻面，一般在藤蔓长至沟底开始第一次翻藤，整个生长期翻藤3—4次，苗期用"粉水吹苗"，块根膨大期施"下头肥"。20世纪50年代中后期至60年代前期变翻藤为提藤，60年代后期至70年代为不提不翻，但提倡施"包厢肥"，80年代又恢复了提藤，并施用草木灰和磷酸二氢钾等。之后到现在又恢复为不提不翻。

（五）贮藏窖技术

1. 岩窖：西充县薯农普遍采用的窖型之一，贮藏期间窖藏温度波动范围小，辅以药剂浸泡处理种薯，窖藏腐烂率一般在5%—10%。

2. 地窖（坛子窖）：是西充县传统的主要窖型，一般在自家的房前屋后，选择地势高燥、土质黏性、结构坚实的地方建造，整个地窖近似上小下大的大坛子，辅以药剂浸泡处理种薯，窖藏腐烂率一般在10%以上。

地窖保温、保湿性好，缺点是散热性差，发生湿害较多，贮藏初期，外界气温高，薯块呼吸旺盛，薯堆内水汽增加，不有效降低窖内湿度，容易发生黑斑病。同时，地窖由于封窖过早或薯块贮藏量过大，薯块呼吸作用加强，使窖内氧气减少，呼吸作用受到抑制，使薯块因缺氧而造成腐烂。贮藏后期，特别是建在室内的地窖，由于窖内湿度低，薯块细胞原生质失水，造成生理萎缩，容易糠心或溃烂。

3. 散堆膜盖贮藏：小型甘薯淀粉加工企业，由于受加工能力和贮藏条件所限，在厂房内实行集中堆放，用农膜覆盖保温，直至加工完所有鲜薯。特点是场地选择灵活，方便实用，但保温效果差，达不到甘薯安全贮藏条件，损耗大。

4. 高温大屋窖：由于病害和贮藏方法不当，烂薯十分严重，霉烂损失为30%—50%，重者达80%以上，农民吃尽了"收薯到手，吃不到口；年年烂薯，村村愁种"的苦。在20世纪70年代后期，推广了甘薯高温大屋窖贮藏技术。它烂薯率低，贮藏甘薯品质好，在苗床中发芽快，出苗率高。原理是利用高温杀菌，促进甘薯伤口快速愈合，增强甘薯抗病能力。技术要点是把好"四关"：

一是收获关，农谚说"寒露早，大雪迟，立冬前后最合适",把握好收获时间至关重要,选晴天收挖种薯,以沙地的薯块作种最好。二是轻挖、轻运、轻放关,入窖前剔除伤、病薯,当天收挖的种薯快速装进大屋窖,最多装窖容积的三分之二,高度与通气孔相当,离火道50厘米,下部用木条、竹子作垫,垫子上堆放甘薯,垫子与地面保持一定距离。同样,甘薯四周与窖体保持一定距离,使薯堆透气。三是高温关,即升温关、保温关、降温关。甘薯入窖完毕,马上点火升温,第一步试火排湿,敞窖烧1—2小时,检查暗火道、烟道、烟囱是否漏火、漏烟,排除窖内湿气;第二步密闭门窗,大火加温,每小时检查窖内温度并作好记录,当薯堆上中下层平均温度达到30℃,加大火力,在较短时间内将薯堆上(38℃)、中(36℃)、下层(34—35℃)升高,平均为36℃,立即减小火力。1小时内当薯堆温度达到35℃—36℃时,立即停火,密闭灶门、窖门和烟囱保温。对甘薯发汗不超过24小时,温度不能超过40℃。第三步保温灭菌,自然保温48小时,窖温保持在35—40℃之间,坚持2小时进窖检查一次,低于35℃增温,高于40℃,打开门窗降温透气,降到35—38℃时,关闭门窗,继续保温。第四步敞窖降温排湿,保温时间达到后,伤口愈伤组织形成,伤口出现干疤,在2—4小时内,将窖内温度降至15℃左右,并稳定在10—14℃之间,并在薯堆上铺一层1寸厚的干谷草吸湿。四是保温防冻关,窖内温度过高,及时通风,降低温度;窖内温度过低,采取保温措施。整个贮藏期间窖内温度保持在10—14℃,达到安全贮藏的目的。

高温大屋窖安全贮藏的科学原理：一是高温灭菌，黑斑病、软腐病病菌在35℃以上无法生存，在甘薯入窖时，甘薯块根体积大，含水量高（一般薯块的含水量占薯块重量的65%—75%），巧妙利用窖内湿度大，甘薯呼吸作用旺盛，引起薯堆自然升温，再通过人工加温到35—38℃，保持两昼夜，将病菌杀死。二是高温促进伤口愈合，甘薯皮薄，容易碰伤，给有害菌侵入创造了条件。而在高温条件下，甘薯愈伤组织形成快，减少了病菌侵入的机会。三是科学控制窖内温湿度，最大限度满足甘薯贮藏条件。

后因家庭承包责任制，种薯分户贮藏，高温大屋窖逐渐被淘汰。

5. 新型贮藏窖：为了改善农产品产地初加工设施条件，减少产后损失，增加有效供给，提高农产品质量安全水平，富民增收，推进甘薯产业发展，从2012年起，中央财政每年专项转移支付资金，启动实施"农产品产地初加工补助项目"。西充县依托农产品产地初加工补助项目，以经济适用、易建易管的设施为重点，开展了甘薯贮藏窖建设。该项目以农民为主建设，政府部门通过资金扶持、技术指导和咨询服务，鼓励、引导农户和专业合作社出资出劳，自主建设初加工设施。贮藏窖类别为20吨、60吨、100吨；项目采取"先建后补"方式，按建设标准和要求，经营主体先期进行投资修建，建设完成的农产品产地初加工设施，经验收合格后，按照政策分别补助资金1万元、2

万元及3.5万元。

2012年，西充县扶持薯农新建甘薯贮藏窖251个，专合组织新建甘薯贮藏窖65个，新增贮藏能力2.0×103吨，有效缓解了甘薯贮藏库容的矛盾。

七、甘薯品种类型及特点

1. 食用及食用加工型甘薯

此类甘薯具有优良的营养品质和加工性能，薯块光滑整齐，薯形美观，薯皮呈黄色或红色，薯肉为黄色、红色或紫色，结薯较早，鲜薯产量高，粗纤维少，各种营养成分的含量相对较高。有良好的商品性，熟食香甜，口感细腻，食味好，适合蒸煮及休闲食品加工。其中食用型甘薯可溶性糖含量较高，易糖化，α-淀粉酶的活性一般较高，代表性的品种主要有西充黄心薯、心香等；食用加工型甘薯则含糖量较低，不易糖化，α-淀粉酶的活性一般较低，代表性的品种主要有金山630、龙薯9号、岩薯5号等。

2. 淀粉加工型甘薯

淀粉加工型甘薯主要作为工业化生产的原料，用以生产酒精、乳酸、酶制剂、变性淀粉及生物抗菌素等工业化产品。此类甘薯的特点为薯块光滑整齐，可溶性糖含量低；单位面积产量、淀粉含量及单位面积淀粉产量高，一般薯块淀粉率为23%—25%,且淀粉颗粒大、沉淀快；蛋白质、果胶、灰分及多酚类物质含量低，有较好的淀粉加工品质。代表性的品种有西成薯007、川薯34、豫薯7号、868、脱毒徐薯18等。

3. 特用型专用品种

（1）高花青素特色甘薯品种

高花青素特色甘薯品种含有丰富的紫色素、花青素甙、花青素苷等，而且微量元素硒的含量高，抗癌活性强。

近年来，关于紫薯的研究与利用引起了人们的广泛关注。紫薯富含紫色素、花色素苷、胡萝卜素、黏液蛋白等营养物质。研究表明，紫薯具有极强的抗氧化，去除活性氧，预防高血压，改善肝功能,减少基因突变，抑制诱癌物质的产生，改善视力等保健作用。自20世纪90年代引种山川紫后，国内科研单位开展了紫薯选育工作，先后培育了很多的紫薯品种，代表性品种有南紫008。紫薯除食用外，大多用于提取其中的天然色素物质，用作着色剂，或用于开发各种保健食品。

（2）高胡萝卜素特色甘薯品种

甘薯富含多种营养成分，特别是橘红肉型品种的类胡萝卜素含量通常超过一般的水果和蔬菜，而类胡萝素是维生素A的前体，它包括胡萝卜素及其氧化衍生物叶黄素。甘薯中的胡萝卜素主要是β-胡萝卜素及其近似衍生物，其含量一般占总胡萝卜素的80%—90%。胡萝卜素含量的高低是食用甘薯营养品质的一个主要指标，根据食用目的不同，对胡萝卜素含量的要求也不尽一致。

（3）药用型特色甘薯品种

药用甘薯的茎叶，含有血卟啉、叶酸及类黄酮、多糖、黏蛋白，还含有维生素K、多种有益微量元素和人体必需的16种氨基酸，药用价值很高，对白血病有确切疗效，也有抗癌降糖作用。

（4）无糖型特色甘薯品种

无糖型甘薯品种味淡，还原糖极少，干物质含量高，淀粉酶活性低，可作为炸香酥薯片薯条利用，出成率高。

4. 菜用型甘薯

甘薯具有富含营养和食用美味的幼嫩茎叶和叶柄，人们较喜欢的蔬菜。甘薯茎尖富含蛋白质、食用纤维和丰富的维生素B_1、B_2、B_6、维生素C、多酚以及钙、磷、铁等矿物质，粗纤维含量相对较少，其中蛋白质、钙、铁等物质的含量显著高于薯块。此外，菜用甘薯在生长期间不使用化肥、农药，产品基本无污染。医学界已将其列为"抗癌蔬菜"之列，美国则把甘薯茎叶列为"航天食品"，日本尊甘薯茎尖为"长寿菜"，香港则称薯叶为"蔬菜皇后"。

菜用甘薯茎叶分枝多、再生能力强，分枝茎叶生长快、长势旺盛，叶色翠绿、茎尖柔嫩、无绒毛、粗纤维少，叶柄茎尖产量较高；熟食鲜嫩爽口，口感滑嫩、无苦涩味，适口性好、营养价值高，茎叶适合作蔬菜食用的一类甘薯。一般取顶端10厘米左右的嫩茎最为合适，采摘后直接上市销售或加工成高档蔬菜出口。代表性的品种主要有济薯10号、湘菜薯1号、福薯7-6等。

5. 饲用型甘薯

薯蔓产量高，再生能力强；干茎叶的粗蛋白含量在15%以上，富含主要的氨基酸，块根也富含蛋白质、胡萝卜素和维生素C，茎叶涩液少，饲口性、消化性和饲料加工品质好，代表性的品种主要有绵薯4号、福薯26等。

6. 观赏型品种

近年来，育种家们却发现有些甘薯品种的花、茎、叶具有很好的观赏价值，通过各种育种途径培育出许多具有观赏性的品种。随着人们生活、消费水平的迅速提高，人们的审美意识和猎奇心理日益增强，集观赏、食用、绿化于一体的观赏甘薯的问世，十分符合人们对营养、保健、观赏等多方面的需求，大大满足了人们的猎奇和审美心理。因此，一些异色、奇形、味美的观赏甘薯相继出现，备受广大消费者的青睐，在市场上独领风骚。

田波：西充县农科所所长

"苕尖越冬"　呵护苕种

何建斌

　　红苕金贵，红苕种更金贵。每年11月上旬，即立冬前后，是挖老红苕的时间，无论集体生产还是土地承包到户，都要在老红苕里挑选块头均匀、长相好、无斑点、无虫眼、未挖断的红苕做苕种，次年能否有足够的苕种下地，关系到红苕种植面积和产量，关系到农民肚子是否挨饿。因此，勤劳智慧的西充人对苕种万般呵护，从农业科技人员到农村干部和农民，都想尽千方百计，钻研新技术，采取新措施，保护苕种不霉烂，安全越冬。

　　西充苕种越冬，都是利用苕窖。集体生产时，生产队都有大苕窖，有的是在平地下挖大苕窖，叫地窖；有的是在山岩上打个大苕洞，叫岩窖。生产队的苕窖可以窖苕种四五千公斤。每家每户都有苕窖，有的苕窖在室内——在屋里挖一个坑，用条石砌成圆形或长方形，窖口盖上三五片木板以透气；有的在室外——在自家房前屋后，选择地势高燥、土质黏性、结构坚实的空地、竹林或山岩挖苕窖、打苕窖。一家一户的苕窖可窖红苕三四百公斤。

由于病害和贮藏方法不当，苕种霉烂十分严重，霉烂损失为30%—50%，重者达80%以上，西充农民吃尽了"收苕到手，吃不到口，年年烂苕，队队愁种"的苦。在窖贮苕种的基础上，20世纪70年代后期，发明了高温大屋窖贮苕种技术，俗称"高温窖"——利用烧火高温杀菌，增强红苕抗病能力。高温窖烂苕率低，贮藏红苕品质好，在苗床中发芽快，出苗率高。

呵护苕种，就是保护和延续生命。

不管是地窖、岩窖还是高温窖，苕种或多或少都有霉烂，再加之正二三月农民实在揭不开锅，生产队不能眼看着饿死人，不得不拿出少量苕种救急。解决苕种不足的问题成了西充农业科技人员的当务之急——一种名为"苕尖越冬"的新技术应运而生。

"1974年，西充从巫山引进了'苕尖越冬'做种技术，首先在双凤、晋新、多扶进行试验并做了一些改进，小面积初获成功。"田波说，试验显示，"苕尖越冬"做种可以提早一个季节栽插，因为藤蔓老健，成活快，长势旺，每亩比苕种育苗多收鲜苕394公斤，增产27.2%。

1975年，西充全县大面积实施"苕尖越冬"，共做苗床36345床。"苕尖越冬"的苗床选址选择坐北朝南、背风向阳、前无树荫、后无来水、地势高且干燥的斜坡地。

"苕尖越冬"地上式苗床就是先筑一个长约7米、宽约1米、南边土墙高33厘米、北边土墙高50厘米、墙厚度30厘米的梯形苗厢，这种造型既可以防止北风侵袭，又有利于透光增温，方便管理。

"苕尖越冬"的种苗必须在同一品种的地块选择，具有本品种特征，选生长健壮、节间密、藤蔓浆汁丰富、顶叶缩于初展叶下的藤尖，长度以20厘米为宜，顶部留3至4片展开叶，其余的全部从叶柄剪掉，当天选苗当天栽插，不栽插过夜苗。

"越冬的苕尖栽插过早，温高湿大，生长繁茂，越冬期间地上、地下部分营养供应失调，不利于越冬；栽插过迟，温度低，发根扎根慢，成活迟，甚至死苗，不利于越冬，西充越冬的苕尖在霜降至立冬剪藤栽插为宜。如果还在搞'苕尖越冬'的话，这几天就是最佳期。"田波说。

苕尖栽进苕厢后，就要在厢上覆盖薄膜，薄膜上面再铺上厚厚的稻草。在寒冷的冬天，需要燃烧柴草将苕厢墙体烤热，以提升苕厢内的温度，保证苕尖不被冻死且能正常生长，迎接春暖花开的到来。

实践表明，"苕尖越冬"做种，可省苕种，实现壮苗早栽，加快良种繁育进程。但是，这种方法周期长、费工、成本高、技术性强，农民也嫌麻烦，20世纪80年代初期，农村土地承包到户后，农户粮食充足，农民生活好转，温饱问题得到解决，"苕尖越冬"技术被淘汰。

现在，各种升温技术的运用，地窖、岩窖仍是西充农家及红苕生产企业的首选。

追梦路上

红楼梦　部十六

朝霞满天迎花开

吉怀康

西充县委第十三届六次全会做出重大决策：以金山乡为中心，发展10万亩有机红苕基地。曾被视为低端产业、落后产能的西充红苕，终于迎来了跨越发展的历史机遇。西充县文广局局长杨泓雨立即为此撰写了一篇情深意厚、如歌似诗的散文《一场尘埃里的花事》。

杨局长认为，这是西充县委、县政府推进农业特色发展、永续发展的慎重而正确的抉择。它是西充农业站上更高起点的一次理性回归，是西充建设"有机农业排头兵"的最坚实的产业支撑。他的话代表了西充60万苕乡儿女共同的心声。

大凡川北人乃至四川人都知道，西充号称"苕国"。今天的西充人都以苕国为荣，可历史上，这"苕国"的封号却是贬义的，含着挖苦、嘲笑的意味。它与"苕话""苕腔苕调""苕眉苕眼""苕倌儿""苕女"等一同构成了外地人的"西充印象"——"土俗""土气""贫穷""苦寒"。

"最苦寒，西南盐。"历史上，西充人的穷困是首屈一指的！因为地瘠民贫，西充人大都是"火当衣裳，红苕酸菜半年粮"。清同治年间的邑令高培榖曾感慨："嗟夫！民之疾苦，固未有甚于充者也……西充瘠而狭，环百里无膏腴壤。民间恃甘薯为饔飧，然犹男女终岁胼胝，仅乃得饱。"清末西充训导刘鸿典也不禁悲悯：

借问平时糊口计，可怜顿顿是红苕！

正因历朝历代都解决不了西充人的温饱问题，所以按照旧志的说法，朝廷派到西充的官员大抵都是所谓的"能吏、良吏"，然而他们同样无能为力，无所作为。

西充虽以红苕名闻遐迩，但一直到改革开放初期，西充人的饮食仍然是"早上熬，中午蒸，晚上改个刀"。然而又有多少人知道，"西充红苕是个名，南充红苕胀死人"？西充地少人多，以前都是土苕，传统方式方法生产，产量不高，所谓"几面坡，一箩箩"。而且，红苕易烂，一旦感染黑斑病，常常整窖整窖烂掉。农民吃尽了"收苕到手，吃不到口；年年烂苕，村村愁种"的苦头。苕种烂掉了，也就等于砸了锅断了生路。旧中国的历史上，那些哀鸿遍地，饿殍盈野的悲剧就是这样酿成的。

为了保存红苕，乡亲们想尽了一切办法，磨苕粉、晾苕渣疙瘩、宰苕颗颗、晒苕干。这些都非常辛苦，而且需要大量工具、场地，还得有好天气的配合，方能成功。闹不好就会发霉变质，损失惨重，多少心血付诸东流，叫人欲哭无泪，跌足长叹。

以前的土苕口感差，而且含有一种氧化酶。这种氧化酶容易在肠道里产生大量二氧化碳，吃多了，就会引起胃胀、打嗝。同时它还会刺激胃酸产生，使人感到烧心。另一方面，胃由于受到酸液的刺激而加强收缩，胃与食管接处的贲门肌肉也会放松，胃里的酸液就会倒流进食管，人就会冒酸水。这也就是以前许多西充人见到红苕就恶心的原因。

即便这样，生存环境决定了生活方式，西充人还是不能不长期以红苕为主粮，以能扯起长长涎丝的酸菜作为最佳搭档。所以西充籍著名作家李一清满怀深情地说："西充人生活得有些悲壮。"

高江急峡雷霆斗，巨浪排空涌春潮！谁曾料到，改革开放短短十来年时间，西充人民的衣食温饱问题就得到了基本解决！历来"贫家最赖是红苕""要吃饭，苕窖看"的苕国人也开始扬眉吐气，挑肥拣瘦，有的过上"烟酒茶，肉嘎嘎"的舒心生活了。红苕开始从餐桌上大败退，而且很快就淡出人们的视野。

西充红苕的种植面积最高曾达到30万亩，而从20世纪80年代末期就开始逐年萎缩，目前的权威估计仅约三四万亩。大道至简。西充县委、县政府及时抓住历史机遇，作出复兴红苕产业的重大决策，可谓"先天谋兆，后天御时"的得意之作。

红苕在西充栽培历史悠久，民间积累了丰富的技术和经验，并已形成厚重的苕文化积淀，深刻影响着西充人的性格、审美心理建构，是乡情所系、乡愁所依。西充的土壤富含红苕所需的有机质、矿物质，有较好的透水性、通气性；而旱雨分明，水热同季，日照时间长，秋季昼夜温差大等特殊的气候条件，成就了西充红苕外表光滑、肉质柔和、膳食纤维适中的独特品质，有着其他地方所不具备的先天优势。

红苕富含膳食纤维、多种维生素及10余种微量元素，是很好的低脂肪、低热能食品，被营养学家们誉为"营养最均衡的保健食品"，欧美人赞它是"第二面包"，苏联科学家预言它是未来的"宇航食品"。同时，红苕还有10多种养生保健功能，诸如提高免疫力、防癌、抗衰老、和血补中等等。西充红苕一下成了香饽饽、抢手货，市场供不应求。同时红苕一身是宝，既是粮食作物，更是经济作物，可以制成各种食品和食品添加剂，从单一食物摇身变为丰富多彩的休闲食品、调味营养品。利用红苕作为原料的工业已经遍布食品、化工、医疗、造纸等10多个门类，产品多达400多种。附加值可以成倍，甚至几十倍地往上翻。正如有识之士评论的那样，红苕才是西充最具乡土文化特色的标签，是不可多得的埋在地里的宝贝疙瘩，是老天的特殊恩赐，是别的地方无法复制的专有资源。当其他人还在绞尽脑汁寻找项目的时候，一条振兴农村经济的便捷之道就在西充人民的脚下水到渠成地伸展开来。真是三十年河东三十年河西，兜兜转转，又回到了原点，令人感慨不已。

可以说，西充大面积发展红苕产业，已是天时地利人和样样具备！西充县农科所培育的黄心苕，2011年就已获得国家农业部农产品地理标志；2013年以来连年被评为全国名特优新农产品，成为国内享有盛名的农产品区域公用品牌之一；2017年注册"西充黄心苕"国家地理标志证明商标。红苕的亩产量也从中华人民共和国成立初期的345公斤增加到食用苕2000公斤，加工苕上万斤！2012年，西充红苕贮藏被列入国家农产品产地初加工补助项目，使红苕的贮藏条件得到极大改善，烂苕率大幅降低。以前西充仅有红苕深加工企业1家，外加几个初加工企业和手工作坊。2009年，四川光友薯业有限公司在西充注册成立了光友南充有限公司。该公司采用"农户—公司—市场""科研—培训—生产"的模式，提供产前、产中、产后一条龙服务，能生产16大类92个品种，为红苕的深化产品加工，开拓产品市场、服务苕业基地，将资源优势转化为产品优势、经济优势探索出了成功经验。

同样，由县文广局招商引资的舜之本农业公司扎根西充金山，实行企业加合作社的模式，已实现大面积稳产高产种植、无雨栽植、滴水灌溉、机械化收挖、一年两到三熟的大跨越发展。互联网、电子商务又大大拓展了市场，降低了损失，节省了营销成本。舜之本的发展模式完全可以在全县范围内复制。而有了县委、县政府的政策支持，以前由于缺乏经费，在良种选育、优质栽培、病草虫害防治、贮藏保鲜技术、脱毒繁育体系、提升机械化水平、加工及综合利用等方面的困境都将云开雾散，天光一片。更何况重振西充的红苕产业，有着深厚的民意基础、历史和现实的重大意义。

西充已制定2019—2023年红苕产业发展规划，全力推进区域化布局、规范化生产、产业化经营、品牌化销售；全面提升红苕产业的生产供给能力、市场竞争能力和可持续发展能力，全面提升西充红苕产业化水平。按照规划，一是布局槐树片区、义兴片区、多扶片区为产业主要发展区域；二是2023年集群连片发展到6万亩；三是以西充县农科所为基地，建设红苕繁育中心；四是政府出台红苕产业扶持办法；五是每年培育新型经营主体10—20家，社会化服务组织2家；六是2019—2020年招引2家红苕精深加工企业。

雄关在望，扬鞭可及。曾令西充人心酸不已，爱恨不得的红苕终将绽放出"朝阳产业"的满天霞光，一场尘埃里的花事正徐徐拉开锣鼓铿锵、虎跃龙腾的大幕！

关于大力发展红薯产业的调研报告

西充县农科所 有机办 原种场

　　西充素有"苕国"之称，红薯是西充的传统杂粮作物，具有较长的栽培历史，特殊的气候和土质赋予了西充红薯优良品质，吃过西充红薯的人，都称其味美甘甜，口感纯正。20世纪80年代以前，红薯曾是全县人民的重要口粮，历史最高种植面积达到30万亩，群众种植积极性空前，积累了许多种植经验和技术。进入20世纪80年代，红薯逐渐退出人们餐桌，全县种植面积锐减。

　　为坚定贯彻习近平总书记关于"把四川农业大省这块金字招牌擦亮"的重要指示，认真落实省委十一届三次全会、市委六届八次全会精神，大力实施乡村振兴战略，加快推进农业供给侧结构性改革，努力推动西充特色优势农业产业高质量发展，把争当"有机农业排头兵"、打造"乡村旅游目的地"、建设"产城一体示范区"的"三大定位"战略目标落到实处，结合西充实际，2018年6月，有机办、农科所、农场、农技站到双洛乡、鸣龙镇、紫岩乡、义和乡、金山乡等地进行调研。据统计，目前全县旱地种植红薯比例约为10%—15%，按全县旱地面积30万亩计算，种植面积约为3—4万亩，亩产基本上在2000斤左右；生产主体主要为普通农户，新型经营主体（农业企业、专重大户、家庭农场）不足10家。主要栽培红薯品种有南薯88、徐薯88、胜利百号、西充黄心苕、红心苕等品种；种植方式农户主要为间套作、业主主要为纯种轮作生产方式。红薯产品农户主要作为畜禽饲料使用、业主主要作为鲜食产品销售。同时，西充红薯加工目前只有光友粉丝一家，且生产经营基本上处于休眠状态。

一、薯业发展中存在的问题

西充县红薯产业在促进县域经济发展、增加农民收入的同时，存在较多的发展瓶颈和问题。

（一）产业规划缺乏

红薯产业发展一直处于自主生产、自主经营、自主发展状态，没有科学的产业发展规划。在组织领导、基地建设、主体培育、技术创新和产品加工等方面处于无序的初级发展状态，限制了产业发展。

（二）科技支撑不足

红薯产业的发展需要科技引领和技术支撑，涉及多个学科配合。由于长期没有经费支持，西充县红薯产业在良种选育、优质栽培、病虫草害的防治、贮藏保鲜技术、脱毒繁育体系、提升机械化水平、加工及综合利用等方面支撑不足。"三新"技术的推广应用处于停滞状态，难以对红薯产业的发展提供系统的技术支撑。

（三）生产规模萎缩

西充县红薯产业近年来呈现生产规模越来越小的趋势，由历史最高峰的30万亩下降到3万亩左右；主要生产主体为农村散户，新型经营主体培育措施和办法缺失，全县不足10户；商品转化率低，生产主体效益差。

（四）加工严重滞后

红薯在直接鲜食用的同时，最重要的是经过简单加工，可制成各种食品及食品添加剂，从单一食物变为丰富多彩的休闲食品、调味营养品及工业用品。利用红薯作为原料的工业已经遍及食品、化工、医疗、造纸及十多个工业门类，制成的产品多达400多种。红薯具有不耐存放的特点，通过深加工才可以成倍、甚至成几十倍增值。目前西充县大部分红薯种植为分散家庭式经营，基本上鲜薯没有经过深加工便直接销售或者作饲料使用，所以附加值比较低。全县仅有的一家加工企业，也只是家庭式作坊，产品单一，科技含量低，附加值和效益较低。

（五）生产水平落后

目前，西充红薯种植较为分散，造成红薯品种混杂、种性退化、病害加重、产量降低、抗逆性减弱、效益下降，导致农民收入不高。红薯贮藏基本上以户为单位分散性贮藏，部分经营业主具有相对专业贮窖，但总体贮藏设施简陋，保鲜技术水平低，导致红薯自然损失严重。机械化水平低，在生产中起垄、栽植、收获主要靠人工解决，耕作粗放且技术不当，严重制约了产业发展。

（六）政策扶持缺失

目前，西充对红薯产业发展重视不够，缺乏项目支撑，没有系统的扶持政策，投入极少，限制了产业发展。

二、薯业发展优势和潜力

（一）自然条件优越

西充地处四川盆地东偏北部，属浅丘地貌，是典型的农业大县，气候温和湿润，光热资源丰富，降水充沛，无霜期长，土壤营养丰富，非常适合红薯生长。西充交通方便，有五条高速公路过境，铁路、机场也较近，物流运输十分便利，便于鲜薯、薯种、薯苗、加工产品调运和推广。

（二）农业优势明显

西充既是国家现代农业示范区，又是首批国家有机产品认证示范区，国家农产品质量安全示范县；同时苕种成本低，一次购种后可自繁留种，化肥及农药投入少，不仅降低了生产成本，而且可以减少污染和保证农产品质量安全，生态效益好。红薯产业容易做到不施用化学肥料和农药，新型经营主体可以从事有机红薯生产，完全符合西充发展以有机农业为核心的现代农业思路。

（三）发展前景广阔

红薯不仅是粮食作物，更是经济作物。红薯全身都是宝，不仅根块可以食用、加工，而且茎叶是理想的饲料、蔬菜。市场对红薯需求量很大，市场广阔，被称为"朝阳产业"。

1. 适应性强。红薯具有怕涝耐旱的生理特性，过去就有红薯是耐旱草的说法，加工红薯亩产可以达到4000斤—5000斤；红薯病害不多，容易种植，不需要轮作倒茬，相同地块可连续多年种植。

2. 效益显著。种植红薯具有投资少、用工省、产量高、效益好的特点。与一年两熟的一麦一玉米种植模式相比，4月中下旬栽植，11月初收获，一年一种一收，除施底肥外，一般只需中耕锄草1—2次，相对比较省工，经济效益较为明显。

3. 用途广泛。现代科学研究表明，红薯具有多种保健功效，具有抗突变、防癌、美容、减肥、降血脂、提高机体免疫力等保健功能。日本国立癌症预防研究所把红薯排在抗癌蔬菜的第一名。鲜薯中的白色浆液状黏液蛋白可防止动脉硬化和抗衰老，在世界卫生组织公布的"2007全球健康食品排行榜"中，红薯既是最佳的抗癌食品，又是很好的减肥食品。

三、做大红薯产业的对策及建议

目前，西充正在建设川东北农产品精深加工园，计划招引红薯加工企业，延伸红薯产业链条。为基本满足红薯加工需求，同时确保农业增效、农民增收，做大做强红薯产业，特提出如下建议：

（一）加强组织领导

成立以主要领导为组长、分管领导为副组长，相关职能部门主要领导为成员的西充县红薯产业发展领导小组，负责全县红薯产业发展规划、政策资金以及解决发展过程中出现的问题。落实专人牵头、专门机构负责具体抓红薯产业发展。

（二）强化政策扶持

出台红薯产业发展的扶持政策，整合项目资金，每年安排1000万元用于产业发展重要环节的生产扶持。在基地建设、产业发展、科技引领、主体培育、设施设备、保底收购等环节给予支持。

（三）强化科技支撑

1. 开展对外合作。同四川省农科院和南充红薯研究所签署战略合作协议，为西充红薯产业发展提供技术支撑。

2. 建立繁育基地。围绕深加工产品引进新品种、新技术开展试验示范。一是品种选育。通过引进和选育相结合方式，积极开展试验示范，集成绿色高产高效栽培技术、病虫害绿色防控技术、科学的轮作制度和种植模式，选育符合西充生产和需求的专用品种，实现品种专用化。二是种苗脱毒。创建"组培脱毒中心+"的健康薯苗供应体系。以农业科研单位和大专院校为依托，加大脱毒甘薯的研发和服务力度，建立和完善甘薯脱毒种苗繁育技术体系，培养合格的脱毒苗、并生产出脱毒原种薯。结合工厂化育苗技术，提高脱毒种苗应用率。三是生产机械。加强与各类农机研究院所、生产企业合作，开展红薯耕、种、管、收等各个环节的适宜机械的引进试验，筛选出适宜西充县生产上适用的农机具，实现西充县甘薯生产的全程机械化服务。

3. 推广先进实用技术。一是加大检疫力度。随着红薯种植面积不断扩大，部分种植大户薯苗不能完全自给，每年需从外地调进薯苗，由于管理不严，带入各种病虫害。县植物检疫部门要加大检疫力度，做好病虫害的防治工作，严禁调运病苗进入西充，一经发现立即处理，杜绝病苗下地。二是推广优良品种。县农业部门要通过育苗基地试验示范中筛选出3—5个当家品种，在全县推广。培育种苗，适时早栽，使红薯早还苗，早发棵，减轻病情。三是推广适宜种植模式。试验证明，优良无疫病的种苗，可以连续多年在同一地块种植。对已发现病害地块，要实行红薯与花生、玉米等轮作，有较好的防病保产作用，重病地轮作年限应适当延长或改作其他作物。同时，还要注意田间清洁，严禁用病土、病残体积肥，杜绝一切传播途径，控制病害的扩展蔓延。

（四）强化主体培育

通过加强对新型经营主体的引导、创新完善土地流转机制、创新农村金融服务、创新财政支持方式、提高农业科技和公共服务水平等举措，积极培育红薯生产新型经营主体。一是招引科技型、示范型红薯生产企业，建设高质量、具有一定规模的红薯生产基地；二是扶持现有红薯生产企业适度扩大生产规模，积极开展有机红薯生产；三是引导县域粮油生产企业发展小麦+红薯轮作生产模式；四是引导回乡务工人员和农村能人组建家庭农场和红薯产业合作社，扩大红薯生产基地和规模。

（五）创新体制机制

创新社会化服务机制。按照"服务全程，机制灵活，运转高效，综合配套，保障有力"的发展思路，引导和培育社会化服务组织，开展农机作业服务、红薯产品初加工、甘薯贮藏、生产资料经营、产品销售等农业生产"一条龙"服务，创新风险防范机制。鼓励开展各类农业保险，推行政府与社会资本合作、政府购买服务、担保贴息、风险补偿等措施，增量红薯产业风险防范基金和保险支持资金；建立最低保护价机制，提高抵御自然和市场风险的能力。

（六）招引精深加工企业

红薯产品鲜销市场容量有限，风险大，发展红薯精深加工是解决建设大基地、大产量、提高产品附加值的唯一途径。着力引进1—2个深加工企业，形成"公司+基地""公司+合作社+农户"的生产模式，确保新型经营主体和农民的红薯卖得出，有钱赚，也保证企业有充足的原料供应，促进西充县经济发展，扩大西充县知名度。推动西充县红薯产业做大做强，还可以带动运输、包装、劳务等相关产业发展。

（七）打造红薯文化博览园

打造"中国西部红薯产业文化博览园"，为西充红薯产业的发展提供一个更广阔的平台。博览园包括技术研发中心、文化展示中心、红薯物流中心、精深加工中心、产品展示中心、电商服务中心、休闲度假中心。

（八）搞好产业规划

制定西充县近年来的红薯产业发展规划，根据全县农业产业布局，结合生产条件和产业优势，因地制宜，统筹规划红薯产业发展。发挥主产区特色资源优势，全力推进区域化布局、规范化生产、产业化经营、品牌化销售。全面提升甘薯产业的生产供给能力、加工增值能力、市场竞争能力和可持续发展能力，全面提高西充红薯产业化水平。一是布局槐树片区、义兴片区、多扶片区为产业主要发展区域；二是2019年发展2万亩，2020年发展到3万亩，2021年发展到4万亩，2022年发展到5万亩，2023年发展到6万亩。三是以县农科所为基地，建设西充县红薯繁育中心。四是县政府制定西充县红薯产业扶持办法。五是每年培育新型经营主体10—20家，社会化服务组织1—2家。六是招引多家红薯精深加工企业。

要把挖红苕变成挖金子

何立新

旧时西充，人们一年四季多以红苕充饥，故周边县市特别是南充人，多戏称西充为"苕国"。

今天，西充早已告别了"红苕酸菜半年粮"的时代，被誉为"中国西部有机食品第一县"。

抚今追昔，令人感叹。近日，笔者在西充县人民政府网站上看到今日西充的权威介绍，忽然觉得少了点什么，再一琢磨，更觉得遗憾。"苕国""红苕"，这些西充人耳熟能详的关键词呢？它们，才是具有我们西充特有乡土文化的标签呀，怎么还不好好利用起来呢？

红苕有"长寿食品"之誉。在西充，红苕又名"孝子"，因其胖胖可爱之形似熟睡的婴儿。红苕有多种养生保健功效，在如今"三高"普遍、癌症常见、减肥流行的情况下，如此上好的有机食品，实在是不可多得的埋在土里的宝贝，大有开发价值，大有可为！

产红苕的地方不少，但高质量的红苕不多。笔者同学、亲友一到西充必尝西充烤红薯，尝后无不交口称赞，直道一个好，临走还得想方设法带一点。红苕作为馈赠佳品早已名声在外，不是现在想起有钱可赚了才开始吹牛的。因此，要说种植红苕，我们在源头上、品质的竞争上就占优了。

通过这些年的不懈奋斗，西充有了"中国西部有机食品第一县"这来之不易的金字招牌。在此基础上，我们突出苕文化主题，做好"苕国""红苕"这两篇文章，前景可观。

西充有独特的区位优势，距南充市中区仅30公里，现在正筹备撤县设区，如能成功，上升为市级行动，更不可限量。西充虽距成都230公里，距重庆150公里，但境内5条高速公路四通八达，要一天往返不是问题。同时当年不少成渝两地知青、乡友对西充苕文化情有独钟，也是我们扩展的方向。如此，近可守南充百万人口市场以生存，远可攻成渝千万人口福地以壮大。

西充独有之苕文化，迥异于盆地市州，是别人不可能轻易复制的。笔者以为：

首先，当务之急是挖掘保护西充的苕文化，并广为宣传，抢占舆论意识高地。让本地人亲近归属，外地人认可接受。一是组织编撰西充苕文化史，上档次，弄成方志类精品，这也是将来的旅游宣传读本。二是建立苕文化博物馆，尽可能收集旧时农耕、烹饪、民俗等物件、图文资料，这可以在即将完工的文博馆开辟专室过渡或直接更名解决。三是组建苕文化网站等宣传机构，并积极投入国家级媒体广告宣传。四是借当前"中国西部最美乡村""中国西部绿谷""有机食品第一县""忠义文化之乡""长寿之乡"等宣传阵地还魂苕文化之根，统统给他们打上苕文化的印记。五是把苕文化旅游的宣传与阆中古城、广安小平故里、仪陇朱德故里、南充三国文化源等景点打包，立足成为上述景点旅游环线上的一点。

其次，建立苕文化的物质符号，交流介质，把游客的吃喝玩乐解决好，在嘻嘻哈哈里润物无声光大苕文化。一是建立有机红苕生产基地，耕作体验基地，烹饪研究基地，食品加工基地，让苕文化有根有据可看可感可品。二是与化凤山世界微电影城、城北湿地公园、旅游环线、中华诗词之乡建设结合，借力世界、中华名号，增补苕文化景观设计，征集布设"苕卡通"形象，开设"苕餐馆"美食街，让游客觉得有品位有看头有吃头。三是在刚刚启动的城南开发区规划旧时西充"忆苦思甜小镇"，也可直接把接近完工的多福古镇更名，调整招商思路即可。游客白天在西充生态大氧吧玩累了，晚上在那里感受苕国沧桑历史，喝点"苕酒"，唠点"苕话"，看"苕女"轻舞，互相抖漏点"苕事"，就点点酸菜、苕叶、苕糖棍、苕粉等苕国独有美食，实惠可口又养生，激情红歌，忆旧、减肥又不失浪漫，很有耍头。

另外，还可以寻访民间擅长"红苕宴"的老人，建立消逝多年的以红苕为主食材的餐馆，建立厨师学校培养人才，传承发扬红苕饮食文化。这方面可以剑阁的豆腐宴为师。苕餐馆起点一定要高，要把苕文化与现代文明有机结合，推陈出新；要把川菜文化与苕文化融为一体，求同存异；要大力鼓励民间人士从事苕餐馆的经营，使它像顺庆粉馆一样，成为人们生活的必需，更好地为游客服务。

说句实在话，笔者作为西充人，顶多就吃了几样"苕菜"，如真能开发出数十或上百种菜品来，自己肯定要去吃上几天几夜。客人来到西充，我们不仅有此类美食开胃，还有苕文化开眼，有九龙湖风景区户外运动中心、张澜故里、青龙湖、北福寺、世界微电影城迈开腿。免费的阳光、清新的空气、别具一格的苕文化氛围定会让人有不一样的感觉。如能让客人索性多留几日，不知道要比多卖几车红苕效果好多少倍。再假定他们回程带上一点别处想买都买不到的真正的苕国特产，馈赠亲友，亲友一品尝，委实与当地或别处品质大不相同，从而生出抽空也要去大饱眼福口福的念头——如此往复，红苕之业壮大可期也。

诚如是，我"苕国"人民世世代代、辛辛苦苦挖苕以果腹的艰苦岁月，必将蜕变成快快乐乐挖"金子"的幸福时光，实在是善莫大焉！

附记：数风流人物，还看今朝。

大风起于青蘋之末，盛世菁华，从善如流。2017年8月27日，四川省旅游学院烹饪学院、南充市烹饪协会烹饪专家代表谢君宪会长，与充国苔馆餐饮文化发展公司（筹）有识之士，一拍即合，带技术进社区，在西充县晋城镇莲花路食天下饭店，举办了一场具有启蒙意义的有机苔食品研创活动。

不过75分钟时间，红苔回锅肉、苔汁煨鲍鱼、红苔烧菜蛇、吉祥苔饼、红苔蒸蛋、苔国花开等一道道色泽鲜美、味道甜香、造型精美的苔国国宴级大菜，在谢君宪大师煎炸烹煮之下悉数登场，引来围观观众的一片啧啧赞叹之声。现场品尝的一位80后张美女告诉笔者，走南闯北这么多年，还是第一次见到吃到这么多味美可口的苔菜，想不到家乡遍地皆是的红苔还真是餐桌一宝，今天算是大开眼界！

据南充市烹饪协会会员、食天下厨师李德峰介绍，谢君宪是中国绿色厨艺大使、四川省烹饪协会副秘书长、南充市烹饪协会会长，2000年被评为"四川省烹饪名师"。2018年7月14日，谢大师还代表中国厨师在捷克首都布拉格展示了盲刀切菜，以"丝路花开，筑梦'味'来"为主题的雕刻等烹饪技术，赢得了国际声誉。

据谢会长介绍，四川旅游学院烹饪学院周世中院长很关注西充有机食品，对本次红苔菜品的研创活动很有兴趣。他指出，"本着有机生态、科学烹饪、营养膳食、传承传新"的总体思路来破解红苔系列菜品的研发。

千里之行始于足下，这次小厨房大视野的有机苔食品研创活动的成功举办，预示了西充有机苔食品开发大有可为，"苕馆"的明天大有可期，苕国的文化大有天地。

长风破浪正此时，愿咱们西充人世世代代司空见惯的挖红苕，在不久的将来直挂万众创新的云帆变成挖金子，祝福咱西充明天更美好！

设计里的乡愁

红苕酸菜半年粮

　　四年多前，接到为西充黄心红苕设计形象的任务，一下子就勾起了我的红苕记忆，或许这是任何一个西充人都难以忘怀的共同记忆，特别是改革开放以前出生的人，因为它和饥饿相关、和生存相关、和亲情有关。

　　自明朝福建人陈振龙从菲律宾引进红苕后，红苕就在我国大面积种植，带来了我国人口的剧增。西充没有滋养土地的大江大河，没有带来一方富裕的地下矿藏，一代又一人的先辈们只能辛勤耕作，面朝黄土背朝天，用汗水去浇灌一家人的口粮希望。清代中后期西充普通人家的生活被时人这样形容："借问平生糊口计，可怜顿顿是红苕。"由此可见两点：一是红苕在西充人餐食结构中占比之高，二是西充人生活之贫困。西充别称苕国，或许是西充人面对艰难时自嘲式的乐观表达。

　　十岁以前，我是有饥饿记忆的。红苕还没完全长成熟时，就会从地里拔出红苕，也不洗，只揩去大部分的泥巴就啃。包产到户后，慢慢不挨饿了，但在我整个中学时代，红苕依然是主粮。自秋天收了红苕到第二年春天，每天两顿红苕稀饭，说是稀饭，其实汤是可以照出人影子，母亲却总是把干的留给我，自己喝稀的；有时候宵夜（晚饭）就是醪糟煮苕颗颗；每周日下午去学校，背篼里除了一点米和一瓶辣酱外，主要是红苕。

穷人的孩子早当家。我秧过苕母子，剪过苕藤，刨过苕轮子，栽过红苕，翻过苕藤，挖过红苕，把红苕背到苕洞里窖藏，要吃的时候又从苕洞里搬出。与红苕相关的记忆，都是和父母、哥姐们一起劳作的场景，当时艰难辛苦，但今天回忆起来却充满了温暖，因为那是一家人共同努力让生活好起来的见证。

百年一味甜到心

做品牌设计和搞科研有相似之处，即我们需要对产品进行详细的调研，掌握大量的资料。我和团队成员研读了红苕在中国、四川和西充的种植历史，以及中华人民共和国成立后，西充农业技术专家为西充红苕的更新换代所做的努力和取得的成果；也查阅了一些发达国家的专家发表的红苕营养保健方面的专业论文，以期对红苕有一个相对全面的了解和认知。

做品牌设计和搞科研又有不同之处，即我们需要在深入了解之后，提炼出品牌的核心价值。这个核心价值可能是物理性质的，也可能是精神情感性质的，而且它不可能

面面俱到（当然概括性高则更好），因为面向市场时，我
们最好只传递一个差异化的卖点，差异化卖点可能不止一
个，但最佳的差异化卖点是核心价值。

第一步研究叫深入，后面的提炼叫浅出。有时候，浅
出比深入更难。因为深入之后，你会发现有很多优点，西
充的红苕的价值点包括富含微量元素的紫色土、生态好、
品种好、营养价值高、历史悠久等等，但我们不可能一一
向市场上的消费者去说；另外，红苕的营养价值等都属于
品类通用性知识，一般老百姓都清楚，不再需要去市场教
育；同时这些也不是西充红苕独有的或相对独特的价值
点。

西充黄心苕，是国家地理标志产品，是西充红苕的代
表。经过反复考虑，我们认为西充黄心苕应该主打"甜"
的概念。主要有两个理由：一是黄心苕的口感就是甜，的
确比其他一些品种要甜一些；二是从营销的角度来讲，我
们要讲差异化，要把某一点适当强化、放大，就像"农夫
山泉有点甜"，通过广告不断重复，形成了农夫山泉和竞
争品牌的显著差异化，而事实上也能影响消费者的感觉：
喝起来，似乎真的有点甜。

找到了"甜"的核心价值点之后，我们需要用一句
话表达出来。写洋洋万言容易，写一句广告语难上加难。
贾岛"两句三年得，一吟双泪流"，可见"金句"有多难
得。纯文学的金句难得，而商业文化中的金句也难求，商
业文化和纯文学还不一样，前者需要得到市场认可，需

要为从种植到深加工的红苕全产业链创造商业价值，让消费者愿意拿出真金白银来买单没那么容易，从这个意义上讲，商业创意更难一些。

综合西充苕国悠久的历史，红苕在西充人记忆深处的情感，我们创作了"百年一味甜到心"的SLOGAN[1]。百年一味，既讲的是历史，又讲的是生命力；甜到心，既讲的是口感甜，更讲的是在艰苦岁月里家人一起耕耘奋斗的美好情感。

因此，我们在设计黄心苕LOGO时[2]，采用了有历史感的毛笔书法字体，它代表着历史和传统；而SLOGAN与LOGO组合起使用，以保证时时刻刻传递核心价值，把黄心苕和"百年一味甜到心"进行彻底捆绑。想到黄心苕，就想到"百年一味甜到心"；想到"百年一味甜到心"就想到黄心苕。

儿时味道一生念

旅外多年，我深刻地体会到乡音难改，比乡音更难改的是儿时的味道，那种妈妈用柴火在土灶里烧的粗茶淡饭，那种饥饿之下狼吞虎咽的食物，一定是人间美味。

走过五湖四海，吃过山珍海味，儿时的味道，承载着浓浓的乡愁。现在的红苕，在成年之后的我们来看，它不

1 SLOGAN：口号、标语。
2 LOGO：标志、标识、徽标

烤紅薯

每每驻足烤红薯的小摊前，就好像嗅到了妈妈在灶灰里埋下的炕红苕。

黄心苕

西充

HUANG
XIN SHAO

百年一味·甜到心

国家地理
标志保护产品

好充食
HAO CHONG SHI

西充农产品区域公用品牌

光是美食，而是饱含着我们每个人成长的岁月和曾经的爱恨悲喜。因此，我们在创意设计黄心苕形象时，以红苕美食作为创意对象，文案以情感为主，而画面则以穿越风展现红苕的历史，以及历久弥新的强大生命力。红苕曾是主粮，后来被打入冷宫，现在又因是健康食品而回归餐桌备受欢迎。

每一幅作品，都以古人为主角，但画面里都有一个现代化的元素。这种形式上的创新，还有一个功能就是吸引眼球，在今天信息大爆炸，信息碎片化且过载的时代，新颖的表现方式非常必要且重要。

红薯干

睡梦中手里还攥紧的半根薯干儿，便是童年外婆给的好零食，直到现在口里还有甜味儿。

红薯干饭

乡音虽易改，那一碗红薯菜干饭，却是每个思乡的人心头搁不下的家乡味道！

红薯粉条

凝固在舌尖味蕾的酸香麻辣，是一生无可释怀的偏爱。

锅盔灌凉粉

啃一口乌凉粉灌锅盔，乡愁便是留在嘴角的那一抹油。

蒸红薯

走遍千山万水，吃遍
山珍海味，却忘不了
「蒸红薯，打菜汤」，
果然营养还是蒸的好。

黄心苕

百年一味·甜到心

西充

国家地理
标志保护产品

黄心薯　百年一味·甜到心　烤红薯
每每驻足烤红薯的小摊前，就好像嗅到了妈妈在灶灰里埋下的烤红薯。

黄心薯　百年一味·甜到心　红薯干饭
乡音虽易改，那一碗红薯菜干饭，却是每个思乡的人心头搁不下的家乡味道！

黄心薯　百年一味·甜到心　蜜汁拔丝红薯
外酥里软，拔出甜丝丝缘，吃出乡情悠悠。

黄心薯　百年一味·甜到心　红薯醪糟
走得越远，越怀念家乡，也许只有这一碗红薯醪糟的甜糯温暖，才能抚慰深夜思乡的寂寥。

红薯干

睡梦中手里还攥着的
辛根苕干儿，便是
童年外婆险的零零食，
直到现在口里还有甜味儿

黄心苕

百年一味·甜到心

红薯粉条

凝固在舌尖味蕾的
酸香麻辣，是一生
无可释怀的偏爱

黄心苕

百年一味·甜到心

炒红薯叶

童年的记忆里满是
苕叶糊饭的清香
长大后，苕叶进成了
一盘养生的菜

黄心苕

百年一味·甜到心

锅盔灌凉粉

喷一口乌凉粉灌锅盔，
乡愁便是留在嘴角的
那一抹油

黄心苕

百年一味·甜到心

炒红薯叶

童年的记忆里满是薯叶稀饭的清香，长大后，薯叶还成了一盘养生的菜。

蜜汁拔丝红薯

外酥里软，拔出甜丝缕缕，吃出乡情悠悠。

蒸红薯

走遍千山万水，吃遍山珍海味，却忘不了"蒸红薯，打菜汤"，果然营养还是蒸的好。

烤红薯

每每驻足烤红薯的小摊前，就好像嗅到了妈妈在灶灰里埋下的炝红苕。

红薯饮料

甜滋滋，滑溜溜，是用怀旧的情怀，品出的时尚味道。

红薯凉粉

几粒葱花，一勺辣油，乌黑的热凉粉，味道巴适得很。

红薯醪糟

走得越远，越怀念家乡，也许只有这一碗红薯醪糟的甜糯温婉，才能抚慰深夜思乡的寂寥。

一个县城的"国宴"

红苕的产业链比较长，包括从鲜红苕到苕粉、粉条等粗加工产品，再到红苕蛋糕等精加工产品。由于红苕在我国大面积种植，红苕产品的市场竞争比较激烈，要卖上好价钱并不容易。本文主要谈设计，不扩展开来讲营销。这里只讲讲终端餐饮的一个创意想法。

在我们设计黄心苕之前，西充对红苕怀有情感的有识之士就已经开发出了全苕宴，现在升级为有机红苕宴。这是一个很好的创意，在这里向他们为推广西充红苕美食的努力致敬。

有几个观点供家乡父老参考。一是有机红苕宴是产品，还不能算品牌，就像红茶、绿茶不叫品牌，它只是产品、品类，如果市场化运作，还需要策划品牌。二是做餐饮，要讲复购率，就是多次消费。我还没有吃过全苕宴，如果真的以红苕为主，可能会影响多次消费。因此，全苕宴里不应该全是红苕，其他菜也要兼顾，比例也不宜过高。三是西充需要一个有西充特色并且有一定品位的餐饮名店，这是西充餐饮老板的机会。西充做传统菜的店有，有机红苕宴有，但还难说较有品位。

在为西充黄心苕做包装设计时，我们提出了可以创意一个品牌"苕国宴"（也可以是"苕国国宴"）的建议。西充的餐饮内卷非常厉害，如果推出一个"苕国国宴"品牌，在众多竞争者中相对容易胜出。既然叫苕国，那就应该有"国宴"，尽管此国宴非彼国宴，但以国宴名之，在调侃当中，能赢得大家的会心一笑。接待外地来的亲朋好友、领导专家，一句"走，今天我请大家去吃国宴"，大

家马上生起好奇心，一个县居然会有"国宴"，他们一定
会印象深刻，也能体会到西充人的乐观和幽默。苕国国宴
餐厅，不需要高档奢华，只需要环境雅致、饰以西充文化
符号即可。

《苕国印象》后记

中共西充县委做出的发展10万亩有机红苕基地的决定，很快就在西充广大干部群众中引发热烈反响。

红苕曾是西充最主要的粮食作物之一，是老百姓赖以生存的"半年粮"。改革春风一夜送暖，历来最苦寒的西充人民迅速告别了"要吃饭，苕窖看"的艰难岁月，过上了"烟酒茶，肉嘎嘎"的幸福生活。红苕大踏步撤退，不长时间就淡出了人们的视野。

但是，毕竟西充有着栽培红苕的悠久历史，民间积累了丰富的技术和经验，并已形成厚重的苕文化积淀，深刻影响着西充人的性格、审美心理建构，是乡情所系、乡愁所依。西充特殊的土质、水文、气候、区位，又具备了红苕生产和销售的得天独厚的优势，是其他地方不可复制的。红苕一身是宝，不仅是粮食作物，更是经济作物，经过深加工，附加值可以成几倍、几十倍的增长。

大道至简。正当外地人还在绞尽脑汁，到处寻找项目的时候，西充县委、县政府却从传统农业中发现了商机，那就是继承和革新、开拓和发展最富西充特色的红苕产业，使之成为西充争当"有机农业排头兵"的朝阳产业。

这是推进西充特色农业发展，探索在继承的基础上振兴农村经济的重大举措。县文广局即刻做出反应，着手组织人手编撰《苕国印象》，为县委的决策鼓与呼，提供理论和舆论的支持。

本书分为6个板块：

一、"难忘乡愁"。以一组有典型性、代表性的抒发浓郁乡愁的文章，从西充人、西充游子的视角，倾诉对红苕养育之恩的爱恨悲喜，以唤醒本地读者的儿时记忆，增强异地读者对西充红苕的情感认识。

二、"胎记花开"。红苕为每一位西充人打上了与生俱来的印记，红苕影响了西充人的方言、行为准则、审美情趣、性格建构等方方面面，成为流淌在西充人血脉中的遗传基因。西充人也因此而赢得了外乡人的敬重和仰慕。

三、"苕乡薯韵"。系一组纯文学作品，以关于红苕的民歌民谣以及文人墨客对红苕的讴歌为主要内容。

四、"土里花事"。正文包括红苕品牌营销、重点企业介绍等内容；附录则对西充红苕的源流、栽培历史、适应环境、品种沿革、品种类型、经济价值、开发途径等做了科学、系统的说明。

五、"追梦路上"。振兴西充红苕产业是西充人共同的"西充梦"，本板块主要是对西充发展红苕产业的设想、现状和远景的展示。

六、"设计里的乡愁"。

本书兼具文学性和科学性，是老少咸宜的乡土知识读本。

编者